褚亚芳　陆扬烈　著

农家女

Village Woman

小说·剧本·散文

上海三联书店

谨以此书呈献给：

　　中华人民共和国成立七十周年

　　第二届中国农民丰收节

　　家乡平湖新埭第十一届泖水文化节

作者简介

褚亚芳 曾用名钱亚芳，1963年12月出生，副高职称，中国民间文艺家协会会员，浙江省民俗促进会会员，浙江省儒学学会会员，嘉兴市曲艺家协会会员，嘉兴市作家协会会员，平湖市民间文艺家协会名誉理事，平湖市政协文史征集员，平湖市非遗中心特约研究员。2009至2015年担任新埭镇综合文化站站长、社会事业服务中心支部书记，现任新埭镇文联常务副主席。2018年5月加入澳大利亚维多利亚州华文作家协会，编著《泖水风情》《大蜡烛庙会》《陌上之花》专著，主编《新埭文化》《泖水文化研究会刊》刊物10年，另主编书籍9本。已有20多篇群众文化论文在省级及全国级获奖，散文、越剧小戏等也在全国和省级市级获奖。荣获2017年度平湖市"文艺人才"奖。

褚亚芳出版主编的部分书籍和荣誉证书

褚亚芳于2018年2月荣获平湖市人民政府颁发的"2017年度平湖市文艺人才奖"

陆扬烈 1931年生于浙江省平湖市新埭镇,为新埭陆氏望族后裔。1949年参军,军旅作家。1964年转业至上海作家协会,任《萌芽》杂志小说·散文编辑。1991年离休,1995年移民澳大利亚,定居墨尔本。中国作家协会会员,浙江音乐家协会会员,上海戏剧家协会会员,上海文化局高级编剧职称。曾为澳大利亚大洋洲第二届文联主席、维多利亚州作家协会会长、世界华文微型小说研究会理事。2010年,上海作家协会出版《陆扬烈文集》九卷、四百余万字。共出版专著20部,在国内外荣获十多次重大奖项。2005年在母校新埭中心小学、秀州中学分别设立"陆扬烈作文奖",每年颁奖。

《陆扬烈文集》九卷

陆扬烈出版的部分书籍

　　陆扬烈著作的短、中、长篇小说合集《异国晚晴恋》，
获得2007年世界华侨总会文艺创作项小说类第一名。

序 言

　　自 2010 年 12 月我们浙江省平湖市新埭镇文学艺术界联合会成立以来,一直聘请我们新埭籍的著名旅澳作家陆扬烈先生为顾问。陆老先生共出版过 20 部专著,在国内外荣获过十多次重大奖项。他不仅是我们新埭人民的骄傲,也是《平湖近现代名人》中的一员。

　　陆老先生虽年少时就求学在外,到现在旅居国外,可陆老先生从来没忘记过家乡这片生养他的土地。他不但每年回家乡来走走看看,时刻关心着家乡点点滴滴的变化,而且每次有新作问世,总会带着他的著作一一送到学校、文化站、镇图书馆以及平湖市图书馆。2005 年陆老先生把在海外积聚的稿酬和奖金,折成人民币七万元赠母校新埭中心小学,十五万元赠母校秀州中学,感恩当年的文学培养,分别设立在校同学的"年度优秀作文奖",每年颁奖。他旨在为家乡培养出一大批编辑、记者、编剧、诗人、作家等各类人才。即使现在到了耄耋之年,陆老先生仍怀有游子的一颗赤诚之心,关心着家乡的各项建设,特别是文化事业的繁荣和发展。

回想我和陆老先生的文学交往,就要追溯到十四年前的2004年,当时我粗浅地写了一篇题为《莫道桑榆晚　红霞尚满天》的纪实文学,敬佩赞美陆老的勤奋笔耕,最初发表在《新埭文化》杂志上,后来被中共平湖市委宣传部评为"身边的力量　平湖好故事"征集评选活动优秀奖。当陆老先生每次将新书赠送给我们时,他总会非常谦逊地写上赠文友某某某,其实我们这些年轻的小字辈,怎敢和我们心目中的大作家称文友呢?实质上是我们的老师才对呢!特别在我的心里一直非常崇拜先生,陆老的大作,我基本上都细细拜读过,我是他忠实的"粉丝"。随着时间的推移,我们在文学上的交流越来越多,我经常请教先生,也就自然而然地称陆老为老师了。陆老师对我的每次请教,总是孜孜不倦耐心仔细,如对小说的创作,我一直想学写,总畏难不敢涉足。自前年金秋陆老师在他女儿陪同下探望家乡亲友时,和我有了直接的文学交流,也正是在老师的指引和鞭策下,我终于放胆去尝试小说的创作。

陆老说:你既把我称为"老师",我就当你两天老师。上第一课,一曰:理论——分清小说和故事的区别;二曰,实践,即逼你致力于小说。上第一课,老师教导我:

上海文艺出版社有个可以插在中山装口袋里的刊物《故事会》,上海群众文化馆有尺寸相同的刊物《上海故事》,都是面向农村和基层读者——说是听众,更确切;说是种"口头文学"也许更实在。它们被文学理论家们称为"通俗文学"。我也写过不少,出版过你知道的《立夏节暴动》和《苏中四分区反清乡》及零星的工作需要之作。其特点是,情节生动,能在田头休息片刻,工厂工间休息,里弄大妈开小会前,有关人员生动宣讲,能吸引住听众,既调剂休息,解除些疲劳,也达到领导要宣传某种宗旨的目的。

文学上的特征是:人物为情节需要而配备,即人物服从情节,无塑造人物之严格要求。称之为"通俗"文学,无贬之意,因为其发行量远远不是这些所谓"纯文学"——《收获》《上海文学》等不能及的,其读者、听众之多,也是纯文学的读者望尘莫及。

称之"纯文学"的小说,文学原则,必须塑造人物。确切地说:必须塑造好主角,即一号人物。作者必须为主角配备若干配角,主配之间发生种种关系:亲情、爱情、友情等,及争斗、仇恨、拼杀……等等,因而产生正面、反面情节,这情节必须符合立意,即此篇小说的主题思想,有机地符合逻辑地结合起来,构成故事(这"故事"和故事会所说的故事,不同之处就在于此),从而完成这篇小说的大结构。

你已写顺手的数十篇民间故事,属于通俗文学中上乘之作。这是事实。

专家们都说过,一个国家一个时代的文学成就,主要以小说为代表。我们学写小说,当然绝无此野心。我自己的深刻体会是:唯有小说,才能充分尽情倾吐心声,挥泻情愫。写故事,写散文,写诗都做不到。这只代表我个人的价值观。无论如何,我若会影响到你的文学事业,是无害有益的。

当我按照老师的指导,开始写作时,陆老师鼓励我:你写下去时,注意对人物的心理描写,注意人物之间的矛盾(亲密的,误会的,暗恋的……)安排,行文舒展,含蓄,不急于点明人物的意图,重要情节前后要呼应。这种写小说的文学手段,实践多了,会习惯成自然。写故事时,用了这些,会弄得故事写不成的。反之,写惯故事,就很难进入写小说必要的阶段。

老师还对我指出,你要注意:万不可离开主角,去写场面、写景、写境,必须通过主角的行动、语言、目光、心思和配角们交往引成情节,产生细节。这是写小说的必须。

可能,写故事没这么严格。故事的特点是强调朗朗上口,讲给大家听,所以故事性要强,才能吸引住听众,因此对人物的要求不可酷求。

小说的原则是必须塑造人物,主要是主角。主角和配角之间的纠葛、矛盾,引成情节,情节有机结合成小说的结构——故事。打仗既需要枪,也需要炮,两种武器一是近距离杀敌人,一是远距离歼敌。各有所需,步兵和炮兵没高低之差别。小说和故事也无高低之差别。你已有写故事的熟练技巧,调过笔写小说是不难的。老师的谆谆教导,学生当铭记在心,付之行动。

老师不但在小说的写作上进行指导,还关心着学生作品的推荐发表。2018 年,为学生的小说处女作《天涯情》,还有小说《元宵情》、微型小说《一碗排骨面》和纪实文学《木棉树上的一朵攀枝花》,推荐发表在澳大利亚由祖国大陆的留学生创办、拥有大陆文学作者最多、大陆移民为主、读者最多的

《大洋时报》上。2018 年 5 月，还介绍推荐学生加入了澳大利亚维多利亚州华文作家协会，使我光荣地成为一名该协会的会员。当然还要感谢关心介绍我入会的周文浩会长，她原是广州军区军内子弟学校校长。如果没有老师的指导和推荐，就不可能有这几篇文章在海外的发表，也就不可能成为澳大利亚维多利亚州华文作家协会的会员，当然也不可能有这本《农家女》的结集问世。

《农家女》共辑录影视剧、小说、纪实文学、散文、记叙、诗歌、评论二十四篇，分"农家女""天涯情""攀枝花"和"母亲河的女儿"四辑。前面的"农家女"和"天涯情"两辑，主要以影视剧《农家女》、小说《元宵情》《天涯情》《一碗排骨面》为主要篇目，从而结合这些篇目或进行对文中有关人物原型的记叙，如《老镇长黄亦瑜》，或小说原型原来创作的有关散文《雪蕾结硕果》和纪实文学《风雨过后现彩虹》，或是进行评论，如《褚亚芳笔下的少儿形象》《从游记到小说》，还有小说《绿珠》《湖上的婚礼》《青春曲》。辑三"攀枝花"共收录五篇，以散文《遥远的梦》、诗歌《思念》和纪实文学《新埭之子》《银光映辉的岁月》《木棉树上的一朵攀枝花》组成。《遥远的梦》是陆老师对年轻时在部队文工团时美好往事的回忆，诗歌《思念》是在此基础上的一次再创作，两文同时发表在《大洋时报》上；纪实文学《新埭之子》是我前年撰写的，先后在《平湖政协》《当湖》等刊物上发表过；《银光映辉的岁月》是为老师在长篇小说《赫哲雁》写的代序；《木棉树上的一朵攀枝花》记述的是我父亲辛劳的一生，从为保卫祖国而当兵，为国家挑重担下放农村,为国家大三线建设而走南闯北地建造钢铁厂,退休后勤劳致富成为养鸭专业户,目的是让重病在身的父亲,在有生之年看到女儿为他的一生有一个总结而感欣慰。辑四"母亲河的女儿"。《母亲河的女儿》是老师远隔重洋,通过微信采访,为我的《陌上之花》拙作撰写的代序;《在北京领奖的日子里》《创业在路上》是本人自己对一个阶段内的真实记录,两文分别发表在《嘉兴日报》和《农家女百事通》刊物上。另外《带着理想和目标努力前行》《"傻姑娘"的职场三部曲》《泖水母亲河　因你而自豪》三篇,分别选录了三位泖水河畔出色的"农家女":一位是全国"三八红旗手"的获得者许连英,一位是几经周折、考取国家司法证书,成为一名司法干部的杜利花,另一位是中国美术学院的教授、艺术家、国家女装高级设计师王善珏。

《农家女》的出版是由陆老师提议的。他的目的:一是家乡新埭两代文友第一次有文学作品合作;二是新埭有了新一代小说的作者;三是此书出版寄托他这个旅外耄耋作者的深重乡愁。

我是个农家女,陆老师尊重我的身份,故他取了这个书名。他还说:他的字不好,但有这三点意义,所以他写了书名,也是为留念。作为学生务必要衷心地道一声:谢谢老师的悉心教育和辛勤栽培!

褚亚芳

2018 年 9 月于水云阁

天涯故土情

陆扬烈　褚亚芳

澳华天地春长在

桃花潭水华夏情

乡愁绵绵无尽期

天涯故土若毗邻

目　录

序　言 ……………………………………… 褚亚芳 / 1

辑一　农家女

农家女(影视剧　根据褚亚芳小说《元宵情》改编)

　　…………………………… 陆扬烈　褚亚芳 / 3

元宵情(小说) ………………………… 褚亚芳 / 22

老镇长黄亦瑜(记叙) ………………… 陆扬烈 / 36

一碗排骨面(小说) …………………… 褚亚芳 / 41

褚亚芳笔下的少儿形象(评论) ……… 陆扬烈 / 46

辑二　天涯情

天涯情(小说) ………………………… 褚亚芳 / 55

雪蕾结硕果(散文) …………………… 褚亚芳 / 69

风雨过后现彩虹(纪实文学) ………… 褚亚芳 / 72

从游记到小说（评论）…………………… 陆扬烈 / 80

绿珠（小说）………………………………… 褚亚芳 / 84

湖上的婚礼（小说）………………………… 陆扬烈 / 99

青春曲（小说）……………………………… 陆扬烈 / 110

辑三　攀枝花

遥远的梦（散文）…………………………… 陆扬烈 / 135

思念（诗歌　根据散文《遥远的梦》创作）…… 陆扬烈 / 146

新埭之子（纪实文学）……………………… 褚亚芳 / 151

银光映辉的岁月（纪实文学）……………… 褚亚芳 / 162

木棉树上的一朵攀枝花（纪实文学）………… 褚亚芳 / 167

辑四　母亲河的女儿

母亲河的女儿（纪实文学）………………… 陆扬烈 / 181

在北京领奖的日子里（散文）……………… 褚亚芳 / 196

大西北农家女的风采（散文）……………… 褚亚芳 / 200

创业在路上（纪实文学）…………………… 褚亚芳 / 203

带着理想和目标努力前行（纪实文学）…… 褚亚芳 / 208

"傻姑娘"的职场三部曲（纪实文学）……… 褚亚芳 / 215

泖水母亲河　因你而自豪（散文）………… 褚亚芳 / 227

后记 ………………………………………… 褚亚芳 / 234

附录1：陆扬烈获奖、出版作品 …………………… / 236

附录2：褚亚芳出版获奖书籍及主编刊物书籍 ……… / 238

辑一

农家女

农 家 女

陆扬烈　褚亚芳

（根据褚亚芳小说《元宵情》改编）

启明星带着刚升起的朝霞,映辉在缓缓流动的清澈河面上。

流过西岸一家家农舍的临河石阶。镜头在 You Rais Me Up 悠悠旋律里缓缓推向其中一家。

临河的门轻轻拉开,走出一位身穿淡青蓝缀着"泖田"两字崭新厂服的女子,四十左右,风姿雅丽,齐耳垂短发,略带自然弯屈。她朝屋里瞥一眼,小心地掩上门。

她走下河埠的五级石阶,在河滩上蹲下,用手里的水桶打了水,在院子的花台里浇花。

朝霞升高,映红她青春焕发的脸颊。

（一个略带苍老的厚实男声画外音:她叫方雅。我看着她长大,她是我们泖水河畔的好女儿,是我们新泖镇引以自傲的女企业家,是我们丰畴村飞出的一只金凤凰。）

屋里,一位农家穿戴的老年妇人,掀开木制镬盖,蒸气腾雾中,端出一碗四只元宵。

方雅走来,用未变的乡音:"阿妈,你拉起早来做啥?"

方母把碗推过来,"快点趁烫吃!"

方雅:"阿奴哪哈(怎么)吃得落着介(这么)多!"朝楼上看一眼,"老爸告阿么(醒了没有)?"

方母:"老早告拉哩,阿奴勿许伊拉起来,老头子总归重手重脚,碰碰嘭嘭,会把娅娅吵醒。囡囡明朝要去登拉(住)学堂哩,今朝让伊多眠眠醒。"

楼上。正穿着校服的娅娅,从她房间半开的门边探出半个身子,朝楼下做了个鬼脸。

方雅站起,拿着包:"阿奴去厂里啦。"

方母跟着走出大门:"车子开慢点,啊!"方雅:"晓得啦。"

太阳从金黄的朝霞中露出脸来,江南大地辉煌耀眼。

方雅把稳方向盘,奔驰在河岸的林荫公路上。前方可见屹立在绿树环抱中的工厂大楼。阳光映红她露着欣喜微笑的面庞。

她的雪白耀眼的小轿车,驶向壮观的工厂大楼。

电动栅栏门,缓缓为她移到一边,夜班厂警卫站在门卫室前,朝她扬手:"厂长,早啊!"

轿车缓进,方雅从车窗探出头:"小马,辛苦啦!"

方雅走出车门,走向大厅和明亮玻璃花房之间的水泥小道。

一个老年职工,捧着一盆花,刚走出花房,见方雅:"啊呀,厂长,来这么早。"

方雅快步迎去:"老朱师傅,您不是来得更早么。"

老朱高托起花盆,让手中花盆里的叶和花正处在斜射来的阳光中。出奇宽阔的叶片,刚展开的艳红花朵,在阳光中显得生机勃勃。

老朱高兴地:"厂长,我们的大叶花有灵性,今天开得特别好,她也来庆祝我们的大会呀。"

方雅接过花盆,由衷地:"这是您的功劳,"她改用亲切的口气,"来根大叔!"

老工人朱来根欣慰地一笑:"我再去搬。"

方雅小心翼翼捧着花盆,走进大厅。

白色的塑料椅子整齐地摆满了大厅,小舞台天鹅绒的天幕上方,悬挂着大红色的横幅,上面写着:"泖田卫浴厂十周年厂庆"。

方雅刚把花盆在台沿边放下,朱来根双手各捧一盆花走来。

方雅忙去接。大厅正门走进多个青年男职工。

方雅举臂喊:"小伙子们,快来! 快来搬花!"那几个青年职工赶紧过来一起搬花。

一群穿着时新靓丽服饰的年轻女职工,嘻嘻哈哈涌进大厅,一见方雅哇哇欢叫奔来,围住方雅。一个长着娃娃脸的小女工,摸着方雅的厂服:"厂长啊,你自己规定的嘛:我们厂里的'半爿天',厂庆这天都要穿漂亮的衣服。你当领导的自己怎么还穿厂服呀。"

方雅亲昵地按按她的娃娃脸,笑笑说:"谁叫我是当领导的呀。"

一个俏丽女工,亲昵地把身旁穿笔挺银灰色西装裙服的中年女子挽住臂膀:"我们工会罗大主席也是领导呀。她今天的打扮,一级啦。"大家笑着。

方雅笑着说:"我们的罗主席是今天的大会主持人,又是你们文艺小分队的队长兼编导,当然要打扮得高雅靓丽的。"大家开心地笑着。

几个穿崭新厂服拿着锣、鼓的青年职工走过来,领头的拿只唢呐:"厂长,我们准备好了。"

方雅:"请你们到厂门口等着,看见老镇长的小奥迪,就使劲吹打起来。"

锣鼓队员们齐声喊:"明白!"立刻涌向大厅门口。

罗编导朝小女工们:"我们也去准备。"

方雅朝她们笑笑:"妆化得漂亮些啊。"

她们快活地笑着,簇拥着罗编导朝舞台左侧门走去。

方雅走向朱来根和工人们已安置好大叶花盆的舞台。

朱来根:"厂长,看看,这样行吗。"

方雅:"非常好。"

厂外传来锣鼓声。

方雅:"老镇长到啦。"朝厂大门小跑而去。大家紧跟着跑出大门。

一辆标着"新泖镇"字样的大型新客车,在锣鼓和唢呐吹奏声中缓缓驶进厂门,在夹道迎接的人群前停住。方雅感到意外而惊喜,迎了上去。

车门拉开,出现穿一套崭新宝石蓝西装,系条艳红领带的老镇长。

方雅和职工们露出目瞪口呆的模样,仍鼓着掌。老镇长似早有预料,举起手直往下按,制止锣鼓和掌声停下:"好啦好啦,好啦!"

(老镇长的画外音:老头我去年七十大寿,女儿硬请去上海过生日,把老爸打扮成这副模样。今天你们厂十周年大庆,老头我第二次穿成这样子,你们有啥好大惊小怪的呀!)

锣鼓声和掌声猛然骤起,唢呐吹起《喜洋洋》曲声。老镇长笑着向大家拱手:"好好好! 谢谢! 为你们特地请来的小贵宾,大家快掌声欢迎呀!"他走下车。

车上走下一个个穿着校服,手拿各种乐器盒的中学生。

大家惊喜地鼓着掌。方雅喜悦地："欢迎,欢迎啊!"走到车门前。

乐手们一个个向方雅鞠个躬："方姨好!"

出现拿着长笛盒的娅娅,她朝母亲俏皮地做个鬼脸。方雅用指头朝她额头轻轻触了一下。(心声)"小鬼,连自己亲妈也保密!"

司机已把车下层行李舱门掀起,老镇长朝人群招手:"来几个小伙子,把四只镜框抬到大厅里去。"几个青年工人抢着赶上前。

老镇长指挥把四块大镜框放置在天幕下面。

台前左侧,娅娅拿着曲谱和唢呐手交谈。唢呐手点着头。

罗主持走到舞台右侧,朝方雅询问似地看着。方雅勾住老镇长臂膀,对她点一下头。

罗主持会意地大声庄严宣布:"泖田卫浴厂建厂十周年庆祝大会,现在开始!"

台前,中学生乐队和厂锣鼓队,和谐奏起《欢乐颂》。

人群中,一个上年纪的女工,低声对邻座女工:"这不是电视剧《欢乐颂》里的音乐么。"

后座一个男职工凑前:"这是支世界名曲。是电视剧借用的。"

乐声止。主持人:"请黄亦瑜老镇长上台作指示。"

掌声中,黄亦瑜让四个青工把镇政府奖给"先进企业",市环卫局奖给"优秀单位"的两个镜框挪到台沿两侧。老镇长说:"请方雅厂长上台领奖!"

方雅在一片热烈的掌声中走上台,和老镇长握手。老镇长又面向会场上的全体职工激动地说:"我代表镇党委、政府和全镇人民,热烈祝贺你们厂十年来取得的辉煌成就!感谢你们厂连续三年成为全镇最大纳税户,为我们镇的经济建设作出突出的贡献!"

他的祝词不断被掌声打断。他又让另四个职工把另两块镜框:"模范企业家""市三八红旗手"挪到方雅两侧,他说:"这是市政府、市妇联奖给你们厂长个人的!"说完,他带头朝方雅鼓掌,全场响起雷鸣般的掌声。

老镇长举手压住掌声,他朝台下的娅娅:"娅娅,娅娅,你上来!"

娅娅忙上台,站立老镇长和母亲中间:"瑜爷爷,要我做什么?"

黄亦瑜:"娅娅婀,你妈妈一下子得两张大奖状,怎么不告诉你爸爸呀。"

娅娅兴奋地忙高举起手机,按着键,大声喊:"爸爸爸爸,我是娅娅。爸爸,你在海上,还是在岸上?"

炮艇靠岸,手机在少校口袋里响着。他摸出手机,手机屏幕上出现娅娅:"娅娅,爸爸刚回到码头。宝贝啊,开学了,你在学校里吧。"

娅娅挨着方雅:"爸爸,妈妈得了两个大奖!"

少校的手机视屏出现母女俩,他欢叫:"啊,娅娅,快替爸爸向妈妈祝贺!"

"OK！亲爱的少校爸爸！"

娅娅转身拥抱住方雅,在妈妈脸上长长地亲吻。

台下,中学生乐队自发奏起《世上只有妈妈好》。

（在感人的乐声中,镜头对着母女俩,三百六十度缓缓移动。）

黄亦瑜:"今天,借这个好场所,我要对进厂比较晚的年轻职工们,讲讲你们不太了解的方雅厂长……"

（方雅的特写镜头。）

叠映影成也梳一样短发的小姑娘。

她被一个梳两条长辫的同龄小姑娘,拉到一棵结满桃子的大树下。

方雅:"季琦,这不好吧！"

季琦:"没事。瑜叔叔不在家。"她利落爬上树,"方雅,接住！"摘下一只大桃子扔下来。方雅没接住,"啊呀！"

青年黄亦瑜出现在屋门前:"是你们两个鬼丫头。"

季琦敏捷跳下树:"快逃！"拉住方雅就跑。

黄亦瑜大叫:"别跑别跑哇,小心跌跤啊！"

（横幅大字:"新泖中学 2000 届毕业典礼"）

穿男女装校服的学生，坐在大礼堂，家长们坐在后面。

（镜头扫过方雅、季琦的父母）

台上，校长和黄亦瑜走到台前，校长宣布："请镇长给本届第一名毕业生方雅同学，授荣誉证书。"

方雅在掌声和乐声中走上台，从镇长手里接过毕业证书。

台下，季琦站在乐队前，指挥全场高歌——

我们今天欢歌在一堂

明天是社会的栋梁……

长途汽车一侧，黄亦瑜递两袋桃子，给坐在车窗边的季琦和方雅："你们第一次离家这么远，又不在一所大学。要自己照管好自己，互相多关心帮助。"

开车铃声响起。《一路平安》乐曲奏响。方雅和季琦眼眶都有点红："您多保重，亦瑜大叔。再见！"

车起动，亦瑜大叔挥着手："一路平安！放寒假就回家，多陪陪你们爹娘！"

（蓝天白云间，现出字幕：四年后）

风光秀丽的公园湖面，荡漾着各色游船。

穿着短袖连衫裙的季琦和方雅在划小舟，方雅依旧齐耳短发,季琦波浪型披肩长发,用宝石蓝绸带扎住垂在胸前右侧,显现一派艺术范的靓丽风姿。

方雅真诚地对季琦:"祝贺你已如愿,出校门就进入省歌舞团。"

季琦关切地:"那你,还是想回新泖吗?"

方雅剥着大白兔奶糖,点下头。

季琦问:"全省最大的化工厂要培养你当工程师,不动心?"方雅笑了笑。

季琦追问:"校长留你当助教,边工作边考研,也放弃?"

方雅又笑了一下。

季琦生气地:"笑笑笑! 你那个勇敢的水兵,也会笑呀?"

方雅把剥开的奶糖塞往季琦的嘴里。

省长途汽车站宽敞的候车室。

季琦依依不舍地握着方雅的手。方雅:"你不要担心,季大伯大婶那里,我会去说明白的。"

季琦:"我爸会大骂我一顿,我妈会哭个不停。"

方雅抚摸她的手背:"你一进歌舞团就参加排练,这是你一生中首场演出,意义重大。大婶大伯知道了,高兴也来不及哩。"

化工学院院长和化工厂总工程师匆匆赶来。方雅一见忙站起去。"院长! 总工!"

院长:"总算赶到了。"

总工:"方雅,你办厂技术碰到问题,就来找我。"

方雅:"谢谢总工!"

院长碰一下总工:"方雅,我和总工都不能把你留下,有点遗憾。但我们想到,你回到村里办厂,是个方向性大事。方雅同学,你可能还没有意识到这一点!所以,你有困难,应该理直气壮来找我和总工。你的母校,你实习的工厂,都有责任帮助你。"

方雅惊喜,朝院长和总工深深鞠躬。

扩音器响起《一路平安》乐曲声。季琦握住方雅的拖箱:"要检票了。"

院长,总工,季琦送她到检票口。

黄亦瑜在镇党委会上动情地说:"我们的农家姑娘大学生方雅回乡了。她在大学毕业考试又是第一名,她完全能在省城找到专业对口的工作,获得大城市户口。可她坚决回乡白手起家办厂,和乡亲们走共同致富的道路。"黄亦瑜用非常坚定的口气,着重地说出三个"要"字:"我们一定要全力支持她!我们当然要热情鼓励她!我们必须要大力宣传她!"

在设备简陋的建厂工地上,方雅身穿建筑工人服装,头戴柳条帽,浑身泥浆和工人一起干着。

一个工人快步赶来:"厂长,有个解放军来找你。"

方雅一惊,忙转身看,挂少尉军衔的海军军官已走近,笑嘻嘻地向她敬礼:"方雅厂长,你辛苦了!"

"你!"埋怨地瞪他一眼:"搞突然袭击啊。为啥不给我打个电话!"惊喜打量他,"当官啦!"

少尉：“命令来得突然，命我去军校学习。”

施工员笑着：“厂长，快带解放军同志回家去。这里我担着。”

方雅夹着一大卷图纸，谨慎地敲着挂有“院长室”的门。

方雅聆听着院长指着图纸在讲解……

在工厂实验室，穿工作白大褂的总工，托起一盆大叶花：“这种花叶，有吸收甲醛废气的功能。你拿回去多培栽些试试。”

方雅捧住花盆，喜出望外。

方雅和朱来根，仔细看着这盆叶子特大的花。

刚落成的厂门楼前，两大盘红色的鞭炮，噼噼啪啪接二连三响起，高升一只只飞蹿上天。

镇长黄亦瑜和方雅一起拉下红绸带，露出“泖田卫浴厂”海蓝色五个大字。

……

老镇长结束了他的介绍：“这就是你们的厂长走过的创业路。”

全场职工朝方雅鼓掌，方雅挥挥手，“请大家观看文艺表演！”她挽住老镇长臂膀走下台。

大会主持人走上台：“下面请新泖中学小乐队和泖田文艺队联合表演《啊，母亲河》。”

方雅和黄亦瑜坐在第一排正中。中学生乐队和锣鼓队出现在舞台右侧。

八个身穿蓝印花布短衫、头戴蓝印花布头巾的农家姑娘,在乐声中上场起舞,有副金嗓子的罗编导站在台左前侧钟情高歌——

　　　　亲亲泖水日夜奔流

　　　　家乡年年喜获丰收

　　　　你是我们的母亲河

　　　　你的恩情天长地久

合唱: 啊,母亲河啊

　　　我们的母亲河

　　　愿你和日月同辉

　　　直到天长地久……

(在歌声、舞姿中,叠映出清澈的泖水河在静静流淌……

叠映出无边的彩色草籽田……

叠映出无边的金黄色油菜花田……

叠映出饱满的稻浪涌向无边……)

舞者和乐队走下台,罗主持上台:“下面,厂长有喜事宣布。”

方雅笑笑:“工会主席,这事应该你宣布。”

罗主席:“厂里在新泖大饭店,给每个职工预订一盒八只大元宵，说定十一点之前送到。"看看手表，"就要送到了。散会后，大家回家前到门卫室去领。"说完，她对方雅："厂长，红包的喜事，还是你来宣布的好。"

方雅携住老镇长，一同上台。

方雅："去年我们又大幅度增产，外汇收入继续创新高。这些成绩的取得，离不开我们全厂干部职工的共同努力与奋斗，更离不开大家聪明才智的发挥，所以厂部决定，给每位职工发放一个月工资的奖励，明天就打入大家的工资卡！"

全场顿时响起惊喜的欢呼声和热烈的掌声。

黄亦瑜："还有个大红包哩！"

掌声立即停住。"是这样，经镇对各项指标的考核，泖田卫浴厂在全镇名列前茅，方雅厂长个人荣获了突出贡献奖，奖金六万元。可方厂长说，她只留下一元钱作纪念，其余的分两份：一份给厂幼儿园孩子作福利；另一份用抽奖的办法，奖给某一位福星高照的在职职工。"

会场微有骚动，个个欣然。

罗主持捧着一只四方的小纸板箱上台。

方雅指着纸箱一侧的名单："上面是除我之外全厂在职职工名单。现在请老镇长抽出建厂十周年大会的幸运之星。"

黄亦瑜伸高右臂，右手摊开示众："我抽奖啦！"用手指捅破箱子上密封着的洞孔，把手伸进去搅拌了几下，最后摸出一张折叠好的小纸块，举起说，"开宝啦！"双手小心翼翼展开纸块，大声念出："朱—来—根。"

罗主持:"请老朱师傅上台领奖!"掌声大作。小乐队奏起《祝福曲》。

花匠朱来根走上台,兴高采烈地向大家连连拱手。

厂门前,司机拉开大客车门,方雅把一盒元宵送给他:"师傅,麻烦你把我们的小贵宾,平安送回家。"

司机:"应该的。"接过盒子,"谢谢厂长!"

乐队队员每人手捧一盒元宵,向方雅告别,上车。娅娅拉住黄亦瑜走来。司机笑笑:"娅娅我就不管了。"

方雅笑着挽住黄亦瑜:"老镇长我扣下了,我会开车送他回家的。"

方雅把稳方向盘,小奥迪行驶在林荫公路上。

坐在副驾驶座上的黄亦瑜,若有所思地盯着方雅看。

方雅目不转睛注视前方:"瑜大叔,您要在我脸上看出点什么来吗?"

黄亦瑜顺着说:"今天抽奖,你一副稳扎稳打的样子,一定做好手脚的。别想蒙过我老头子眼睛。现在就我们三代三个,你及时坦白还来得及。我叫娅娅也保密好啦。"

方雅笑:"我的老领导,瑜大叔——您这回看走眼哩,把共犯当同盟军。您若深究下去,您的外孙女会成主犯的。"

黄亦瑜不解地转身看着娅娅。娅娅得意地抱住母亲的后肩膀:"瑜爷爷,这事娅娅来向您交待——"

夜晚,方雅半卧在床上,在台灯下对着手机:"囡囡今天放寒假,她忙得很哪,晚饭前才搬回家。"

手机视屏里的少校艇长:"小家伙脑子灵活,这事问问她有什么好办法。"

"嘭"地一声房门被推开,披着睡袍的娅娅闯进:"啊呀呀,妈,你在和爸爸说悄悄话呀,对不起对不起。"转身要走。

方雅:"死丫头! 你给我过来。你爸和你说话。"

娅娅关上房门笑盈盈地走来,接过妈妈手机:"爸爸呀,我回家过春节啦,爸爸,你也回家吧,我们全家团圆过春节!"

传来语声:"爸爸回不了。"

娅娅发嗲地:"我不嘛!"

手机屏上出现少校艇长在驾驶台的形象:"爸爸有任务。我家娅娅是中学生啦,在家好好陪外婆和外公过春节,帮妈妈想出个好办法。"果断地,"爸爸挂了。"

娅娅掀开被子一角,钻进半个身子:"妈,爸爸不在,娅娅陪你睡。"抱住母亲。

方雅:"你呀,成天疯疯癫癫的。"

娅娅正经起来:"尊敬的方雅厂长,碰上什么难题? 说出来,女儿娅娅和你分忧。"

方雅:"妈有六万块奖金,已和你爸商量,一半给幼儿园作福利,你同意吗?"

娅娅认真地:"那是娅娅第一个母校,娅娅又是第一届毕业生,我当然举双手赞成。"说着举起双臂。

方雅笑着拍拍娅娅的面颊:"你知道的朱来根花匠爷爷,下个月就要退休,他家不宽裕。你朱奶奶又患上个富贵病,必须要增加营养……"

娅娅打断:"妈,娅娅明白啦。另一半奖金想送给朱爷爷,对吧。"

方雅欣喜地双手拍拍娅娅的面颊:"你同意了。"

娅娅非常懂事地:"当然!来根爷爷为厂区环保工作作出大贡献,又省钱又省力。了不起!听化学老师讲,现在许多厂,增产赚钱并不太难,可是就为这个环保大事伤脑筋。"

方雅高兴地抱住女儿:"我家娅娅不愧是中学生啦!"为难地,"可你来根爷爷脾气硬,他不会接受亲友救济的。"

娅娅:"这有什么难的。妈,现在开庆祝大会,人家都搞抽奖活动,你也办一个,不就行了。"

方雅点点头,但仍感为难:"可怎样才能确保让来根爷爷抽到奖呢?"

娅娅信心十足:"一定!这件大事我来办。"

……

黄亦瑜恍悟地指着娅娅身旁的抽奖纸箱:"哈,这里面张张纸片上,都写的是你朱爷爷大名!好,好,你这小机灵,做了件大好事!好,你瑜爷爷自愿做你领导的同盟军!"

同车三代三个人,开怀大笑……

笑声中,小奥迪朝前飞驶着。前方已可望到村落的房屋。

一座公路小桥前,站着一个穿大红风衣的女士,伸开双臂,扬着白绸长围巾。

方雅缓缓刹住车,探出头来招呼:"我们的大艺术家。"

黄亦瑜:"哈,季琦也回家过元宵节了。"降下车窗玻璃。

季琦小跑过来，双手托着白围巾，像在舞台上谢幕似地弯腰："向老领导老镇长致以崇高的敬礼！唔，今天是元宵佳节，又在我们的老家丰畴村，应该祝亲爱的瑜大叔吉祥如意！亚克西！"把白绸围巾当哈达，送进车窗。

娅娅已推开后车门："琦琦阿姨快上车。"

季琦钻进车厢，一把抱住娅娅，重重地亲了一下："呀呀呀，我们的小娅娅长成漂亮的大姑娘啦！Flute 吹到几级了？"

娅娅有点不好意思："才五级。"

季琦："才学两年，够好的。等你初中毕业，你妈要舍得放你，就到琦阿姨家来，琦阿姨推荐你上省音乐学院附中。"

娅娅兴奋异常，紧紧抱住季琦，狠狠地回亲一下："琦琦阿姨说话要算数的！"

车已到屋前停下，方、季父母出门迎来。

方雅转过身："你琦琦阿姨说话敢不算数，你瑜爷爷不会放过她的！"

农家饭厅，三个老头坐在八仙桌三侧，举杯品酒。桌上

摆有六盘下酒冷盆。

厨房农家传统灶头，季母在炒菜，方母在烧火。扎着围腰的方雅，端着盛有四碗热炒的木盘，走出厨房。

季琦拿着曲谱，和手持长笛的娅娅在交谈。

方母捧一盆胡葱烧肉，季母捧一只暖锅，走到桌边。

方雅和季琦并肩站在桌前，娅娅持着长笛在一旁。

围坐着八仙桌三侧的五位长辈含笑看着她们。

季琦和方雅向他们鞠躬。季琦："今天是元宵节，也是我们中国的感恩节，我们三个晚辈给爷爷奶奶外公外婆，唱一支感恩歌——

娅娅吹响 You Rais Me Up 曲调，季琦先朗诵一遍歌词，然后和方雅同声深情唱着：

是你们抚养教育了我们

所以我们能健康成长

是你们关爱鼓舞我们

所以我们才会坚强努力

我们靠着你们的肩膀

所以我们才取得成功

你们让我们站在你们肩上

所以我们能登上事业的高峰

（画外音：优美的歌声在溆水河畔飘扬。

画面：农家的元宵节在欢乐的歌声、笑声中举杯……）

元 宵 情

褚亚芳

（一）

今年的元宵节,太阳升起特别早,她带出朝霞染红东天,映辉着泖田卫浴厂绿树簇拥的厂区。

方雅比平时提早一个小时赶到厂里,走过玻璃大花房,正碰到从花房里走出来的花匠朱来根,他手里抱着一盆叶片硕大花朵娇小而艳丽的盆花,满面笑容:"喔唷,厂长啊,这么早就来了哟。"

"老朱师傅,你不是比我还早么。"

"厂长啊,这大叶花,也来庆贺我们厂的大喜事,你看。"老头指着高踞在四张大叶瓣上一朵朵红如火焰的小花,"它提前开花了,开得特别红,还映着亮光呢!"他把花盆托到朝阳里,这朵朵红花闪出耀眼的光彩。

"真的啊!"方雅脸上也像开了朵花,她赞不绝口地说,"老朱师傅,这全是您的功劳呀!"

朱来根在厂里,什么技术活也学不会。方雅为照顾他家生活困难，就让他留下来当保洁工。后来得知他爷爷曾经是北墙门庄园的花匠，朱来根从小也爱花，还学会了种花的手艺。他有空就在家里培栽各种花草，每当伺弄出得意的盆景，常搬来厂里，放在办公室里，车间门口，跟大家分享。

方雅在省化工学院毕业，立志回乡办厂，凭着在专业方面积累的知识，她看准做卫浴洁具能出口外销，就极力说服镇领导批准，白手起家办起了泖田卫浴厂。当时的镇长黄亦瑜是她老家丰畴村的邻居，是一位看着她长大的长辈，对这姑娘的好学、勤奋、做什么事都有股狠劲的性格，印象极深。方雅大学毕业，完全可以留在大城市，找个舒适的工作，成个家过安稳保险的小日子，可她偏要回乡创业。

"这样的年轻人，这样的有志气，我们当然要全力支持！我们一定要热情鼓励！我们必须要大力宣传！"镇长黄亦瑜在领导班子会上，一个"当然"，一个"一定"，一个"必须"，就这样一锤定音。

方雅是厂长兼唯一的技术员，当时她虽然还没获得工程师的职称，但对产品的技术工艺是有把握的。然而她最担心的是，卫浴产品大量生产后，怕环保部门通不过。因为生产过程中，必然多少会散放出甲醛这种有毒气体，特别对车间里的操作工，对整个厂区都会有一定的影响。如不采取措施，生产再扩大，将会引起附近居民有意见。

方雅为这焦心事，几次赶到省城，在母校求助老师，去化工局找分配在那里的校友商量，到环保局讨教……当她在技术上获得一整套行之有效的措施时，还意外地得到一种很奇特的花,这种花叶子又阔又大,花朵则娇小可爱,主要是它的叶子能吸收有毒气体,起到净化空气的作用。

方雅就把花带回厂里,交给朱来根,要他好好培养繁殖,让厂里到处摆满这样的花,既美化环境,又净化空气。

"厂长,这花名叫什么?"

"不知道呀。"方雅笑着说,"您是种花专家,您给它取个名字吧!让它成为我们泖田卫浴厂的厂花吧。"

业余老花匠高兴地说:"它的叶子大,吸毒本领强,我们就叫它"大叶花"好不好?"

"大叶花,好呀!"方雅还当场拍板,动用建厂基金,在厂区造了座玻璃大花房,全权交给朱来根,让他专职培育大叶花。并对他说:"您年纪大,别太累着了,再安排个年轻人当您的助手吧。"

(二)

职工们陆续到来,一见方厂长和朱来根在往会场里搬花,都争着来搬。

会场就是大食堂,三年前厂里产值利润节节高升,把原来低矮的房屋拆掉,改建成现代化设施的漂亮大礼堂。坐北朝南还建了个小舞台,可以容得下大合唱队和舞蹈队的演出。昨天,厂长亲自动手,挂起新置的幕布,缀上"泖田卫浴厂十周年庆祝会"金红色大字,大叶花一盆挨一盆摆满了台口,一派喜气洋洋。

方雅看看手表,对秘书说:"你让锣鼓队到厂门口等着,老镇长快要来了。"

镇里早已通知她,将委托老镇长代表镇领导班子,到厂里来祝贺。职工们都对这位没有架子生性风趣的领导很有感情。由他来出席庆祝会,都不会拘束。

花盆放置好不久,厂门口传来热烈的锣鼓声。老镇长到了! 方雅快步走出会场,男女职工也紧跟着去迎接。

方雅原以为老镇长自己开小车来的,没想到来的是一辆大客车。

车门打开,出现了平时最不讲究穿戴的老镇长黄亦瑜,今天万万想不到穿一套深蓝色呢质西装,还系一条金红色领带。方雅眼前一亮,又惊又喜,用力鼓着掌迎上去。在场的人也鼓掌欢迎,和厂长一样好奇地盯着看这位贵宾。

"好啦好啦!"老镇长伸出双臂往下按,把掌声按住,笑着说:"去年,老头我七十大寿,女儿把我接到上海,硬给我定做这套说是生日礼服，我只穿过一天。今天，穿着来参加大家的庆祝大会，你们有啥好大惊小怪的呀！"

大家又热烈鼓掌地哈哈大笑，气氛十分欢快活跃。

老镇长走下车，大声对大家说："快来快来，迎接小客人呀！"

方雅惊讶地看到车上走下八个穿校服的中学生，其中那个钱小娅正朝自己做个鬼脸，还扬起手里的长笛盒。"这鬼丫头，竟瞒住妈妈。"方雅嘴上埋怨，心里却乐开了花。

"我给你们请来的特殊小客人——新泖中学的学生乐队。"老镇长说完，转身向男职工挥一下手，"把车上四个镜框，搬到台上去。"

那四块是荣誉镜框，两块大号，两块中号，用包装纸包裹着。

方雅是军人的妻子，有很强的时间观念。庆祝大会定于九时至十一时，现在快到九时了，她请老镇长上台，坐在正中间的位置上，就庄重地宣布："泖田卫浴厂建厂十周年庆祝大会，开始！"

坐在前排右侧八个训练有素的中学生乐手，立即奏起嘹亮的乐声。职工们最近晚上都在观看连续剧《欢乐颂》，此片从头至尾贯串着这支曲子，所以大家都会哼唱，但不知道这原来是世界名曲——《欢乐颂》，欢快喜乐的颂歌拉开了庆祝会的序幕。厂长方雅顺着节奏拍掌，全场成员立即和上来拍着节拍，击掌声伴随着激扬的吹奏声，更显得响亮而有力，大会一开始就掀起了一个小小的高潮。

乐曲奏毕,方雅宣布:"请我们的老镇长黄亦瑜前辈讲话。"

这时,黄老头已让几个职工把镜框的包装纸撕掉,抬着两块大镜框站在台前。镜框上是醒目的烫金大字:"环保先进单位",这块是市环保局奖给泖田卫浴厂的;另一块是镇党委镇政府奖励给泖田卫浴厂的"先进企业"奖牌。老镇长拉住方雅向全厂职工真诚祝贺:"泖田卫浴厂已连续三年,成为我们新泖镇第一号纳税大户,今年又为国家争来外汇,党委政府以及全镇人民感谢你们!"他的每一句话都激起了全场一阵阵热烈的掌声。

市报的摄影记者和镇文化站的摄影员,早已举起相机"咔嚓咔嚓"连连闪光,摄下了一个个难忘的瞬间。

黄老头叫四个抬大号镜框的男职工退到幕布后,让四个抬中号镜框的职工朝前两步,分别站在方雅两侧。中号的一个镜框是市妇联奖给方雅的"模范女企业家"奖牌,另一个是镇党委镇政府奖给方雅的"突出贡献奖"奖牌。

在一片热烈的掌声中,黄老头向台下的钱小娅招了招手,大声喊:"娅娅上来,上来,快上来!"

钱小娅在老镇长和母亲中间站住,正要问让她干什么,老头已大声说了:"娅娅啊,妈妈有这么大的喜事,怎么不向你爸爸报告呀!"他要把这话说得让全场人都听到。

钱小娅高兴极了,立即把手里的长笛交给妈妈,摸出手机和爸爸视频,高声喊:"爸爸爸爸,我是娅娅!爸爸你在岸上还是在舰上?能看到妈妈、我和黄爷爷吧!爷爷在给妈妈发大奖呢!"

手机里传出回声:"爸爸刚回到码头上,看到你发来的照片了。娅娅,代爸爸祝贺妈妈!"

钱小娅转身猛地抱住母亲,飞快地在妈妈脸上亲吻了一下。台下的乐队伙伴,不知谁带头自发地演奏起《世上只有妈妈好》这支最能拨动人心弦的曲子。于是,全场的掌声、欢笑声和乐曲声融成一体,庆祝会沉浸在一个充分温馨和欢乐的氛围中。

授奖结束,接着是中学生乐队登台演奏《步步高》,寓意着祝泖田卫浴厂经济发展,职工生活步步高升。随后演奏的是,盛传中外的《梁祝》,当奏起《我们走在大路上》时,方雅边唱边指挥全体职工齐唱:

我们走在大路上
意气奋发斗志昂扬
……

顿时群情激昂,欢乐满堂。

(三)

等会场平静下来,大家以为庆祝会就要结束,通知原定会后除值班的都休息回家过元宵节。可想不到,厂长方雅大声说:"大家别急,还有事要向大家宣布。厂里在市食品公司订购了每人一份二盒大元宵,说定十一点以前准送到的。现在才十点四十分呐。"大家一阵惊喜,方雅继续说:"还有红包呢!"大家立即肃静,红包肯定比大元宵更喜人。只听到厂长宣布,"感谢大家多年来的共同努力,厂部决定:奖励每位职工一个月工资!"

全场"哗哗哗"响起一片掌声和笑声。老镇长摇晃着手臂:"慢点慢点,别着急,还有意想不到的喜事呢!是这样的:你们厂长方雅工程师,她大学毕业取得学士学位,在省城完全能找到一份对口的工作,可她自愿回乡办厂,用自己学到的知识,回报家乡。十多年来,她白手起家,和大家艰辛创业,解决了一千多人的就业问题,出大力协助我们新沏镇,在全市争得荣誉。党委政府发给工程师兼厂长方雅个人奖金六万元。"看到大家又要鼓掌,他忙挥手阻止:"慢点慢点,我还没讲完呢。你们厂长已向镇里坚决提出,她个人只留一元钱作纪念,其他的奖金一分为两,一半给厂幼儿园作孩子们的福利;另一半用抽奖方式赠给一位福星高照的幸运人!"说着,他举起双臂鼓掌。惊喜莫名的工人们,响起雷鸣般的掌声。一会儿,又瞬间寂静下来,都怀着好奇和求福的心理,注视着台上的一举一动。

只见方雅捧起一只密封的硬纸板箱,指着贴在上面的一张名单,说:"这是全厂除我之外的名单,纸板箱里是一张一个名字的小纸条。请老镇长打开盒上的封口,抽取一张,并公布这位获奖人。"

老镇长十分严肃地举起两只手掌,表示手中空空。然后小心地捅破封口的小洞,把右手伸进盒箱,掏了又掏,摸出一张折叠着的小纸条,高高举起,笑着大声说:"大家听着啊——"他将小纸条展开摊平,高声宣布,"朱——来——根——哈,朱来根老师傅!"他把小纸条摇了两摇,交给方雅,"这纸条上,方雅本人签了名,就生效了,方雅自己留下一块钱的硬币,老朱师傅得彩奖两万九千九百九十九元。"

掌声再起,朱来根为人忠厚,乐于助人,工作又勤劳。所以他虽不善言语,但人缘很好。他获得彩奖,大家都为他由衷地高兴。

庆祝大会圆满结束,正好十一点钟。职工们领到一份大元宵,怀着银行卡里明天将多一个月工资的愉悦心情,高高兴兴地回家。方雅还把一盒盒元宵,分赠给乐队的学生,送他们上车,并笑着对司机说:"师傅,拜托请把七位小客人送回家,谢谢啦!"司机是厂里一位退休职工的儿子,和方雅熟识,他也笑着说:"谢谢泖田卫浴厂的元宵。我会负责把一位位小客人平安送到家的。钱小娅我就不管啦！"

方雅用手臂挽住黄亦瑜的臂膀，对司机说："老镇长我扣下了。你放心，下午我会开车送他回家的。"

黄老头明白方雅要他同去丰畴村，自己正想回村看看老乡邻，今天正好是元宵节，是个大好的日子。

娅娅抱着抽奖纸箱，亲热地推老头坐在前座。车开出厂区，奔驰在静谧的公路上。离开厂，这三代人就是单纯的乡邻亲人了。老头活跃起来，盯着握着方向盘的方雅看。"瑜大叔，你在我脸上看什么呢？"方雅问，目光仍注视着前方的道路。

"记得前段时间，你对我说起，要给朱来根一些补助。想不到今天抽奖，幸运恰好落到他的头上，怎么有这么巧的事啊！里面一定有什么秘密吧？现在就我们三代三个，坦白还来得及，我和娅娅都不会揭发的。"

"嗨，大叔您这下可有点主观臆断了，把同谋犯当作同盟军啦！"方雅笑哈哈："深查下去，您外孙囡可成主犯哩。"

娅娅在后座搂住母亲的肩膀，开心地对老头从头说起："是妈妈求我的。她告诉我说，来根大伯家比较困难，大妈又得了什么富贵病，必须多增加营养品，厂里补贴有限，来根大伯又不肯接受亲友帮助。到今年端午节，来根大伯就要光荣退休，家里收入要减少。妈说，正好镇里奖给她六万元奖金，想分一半给来根大妈增加营养，另一半作幼儿园的福利。妈问我同不同意。我当然举双手赞成啰！妈又问我，有什么好办法能让来根大伯，心安理得高高兴兴地接受呢？我说这有什么难的,现在开大会,都有抽奖活动,抽到奖的哪个都高兴开心的。妈傻傻地问,你能保证来根大伯抽到吗? 我说:那当然,我来办,保证让来根大伯得奖!"

老头终于明白了,指指那只纸盒箱,开怀大笑地说:"哈哈,啊,那里面都是你来根大伯一个人的名字?! 哈哈,你这小机灵,好! 做了件大好事! 啊哈,爷爷我也参加你领导的同盟军。"

方雅忽然按响汽车喇叭。车到丰畴桥,一个穿红色风衣的漂亮女士,欢叫一声,伸开双臂像只花蝴蝶一样地飞过来。

（四）

方雅急忙刹车,对老头说:"是我们的大艺术家。"

老头惊喜地降下车窗:"是季琦回来了。"

季琦一缕风似地来到车窗前,向老头像在舞台上那样,鞠了个躬,念台词似地说:"向老镇长老领导致敬! 哦,不,今天是元宵节,又在老家,应该向瑜大叔祝福,祝福您老人家吉祥如意!"

老头还没来得及说什么,娅娅已推开后车门:"琦琦阿姨上车。"

季琦钻进车厢,一把搂住小姑娘狠狠亲了一下:"哎呀呀,我们的小娅娅越大越靓丽啦。长笛吹到几级了?"

娅娅不好意思地说:"才五级哩。"

"不错,很不错了,才学两年半嘛。"季琦阿姨很真诚地说,"等你初中毕业,你妈要舍得放你,就到琦阿姨家来,琦阿姨介绍你去上音乐学院附中。"

"真的啊!"娅娅高兴地把季琦也紧紧抱住,重重地亲了一下,"琦琦阿姨,说话要算数的!"

车到家门口了,方雅刹住车,回过头来对女儿说:"你琦阿姨敢说话不算数,你瑜爷爷也不会放过她的。"

听到汽车声,屋里走出方雅和季琦的老父老母,都眉开眼笑,朝黄亦瑜迎来。黄亦瑜的儿子女儿都在外地工作,他单身一人也住在城里,老家已无亲人,丰畴村他很少来一次,老邻居见面分外亲切。方雅母亲做得一手好菜,喜欢给亲近的人做。季琦的母亲是位酿制洄田甜酒名传遐迩的好手。方、季两家不只是同村邻居,还沾点远房亲戚的关系。方雅和季琦从幼儿园直到高中,始终是同班最要好的同学。高中毕业,方雅的兴趣在化学方面,报考化工学院。季琦天生一副金嗓子,从小就喜爱文艺活动,她被音乐学院招去。之后,各忙各的事业,一个在乡镇,一个在省城,路远迢迢,但有手机这个宝贝,两人一直保持着联系。

今天,靠元宵佳节,大团聚了,三家八口,坐满那只老祖宗传下来的八仙桌,满桌佳肴,满壶佳酿,同庆元宵。

"我们的歌唱家季琦,难得和我们一起过元宵节,"方雅站起,鼓动大家,"今天可不能放过她。大家鼓掌,请她高歌一曲。"

掌声中,季琦站起,拍拍娅娅肩膀:"You Rais Me Up,一定会吧。"

娅娅欣喜点头:"我们乐队演奏过好几次呢。人人喜欢,这曲子很好听。"她明白要她当伴奏,就去拿长笛。季琦拉住方雅走到餐桌前,在五位长辈好奇欢喜目光的注视下,两人开始对话:

"这支名曲,我们在高二那年就学会的,你也很喜欢的,是吧。"

"是呀,那怎么啦。"方雅认真地问。

"你先向听众介绍一下这支歌的内容吧。"

方雅想想很对,长辈们可能听到过,但不一定知道里面唱的是什么,就给他们讲:我们每一个晚辈,都是在你们的教导、鼓励中成长。我们是站在你们创造的事业基础上,才能取得自己的那份成功。全国全世界都这样,所以这支歌都在唱,人人都喜欢,成为一支流传非常广泛的歌曲。

季琦挽住方雅的手臂,好像生怕她逃走似的,并说:"一起唱!"

"我这嗓子,你又不是不知道。"

"又不是上台表演!"季琦充满真情地说,"你刚才怎么讲解歌词的? 感恩呀,借元宵节,借这支歌感谢长辈呀!"

方雅受她话的感召和鼓舞,就主动挽住闺蜜的手走到桌前。季琦朝娅娅挥下手,她纵情吹起悦耳的笛声,一个清朗的专业女高音,和一个纯朴的中音,融合成对长辈们虔敬感恩的歌声:

You Rais Me Up 是你教导了我

所以我能健康成长

是你鼓舞了我

所以我才会坚强

当我靠着你的肩膀

所以我获得成功

因为你让我站在你们肩上

所以我登上群山之巅

You Rais Me Up

······

优美的歌声在泖水河畔飘扬，农家的元宵节在欢乐的歌声、笑声中举杯······

（写于 2018 年母亲节，发表于 2018 年 5 月 18 日澳大利亚《大洋时报》）

老镇长黄亦瑜

陆扬烈

《元宵情》里的老镇长黄亦瑜，全力支持农家女方雅办厂，使方雅白手起家办起了泖田厂，成了新泖镇最早的乡镇企业之一。

小说源于生活，又不同于生活。行话：生活真实，不等于艺术真实。小说里的新泖镇，就是生活里的新堽镇。

新中国的新堽镇开镇镇长王连瑜，他出版过一本非物质文化遗产《泖水春秋》书籍。他既是我的同辈文友，也是褚亚芳的文友，褚亚芳曾建议王老原名《泖水千秋》的"千"字，改为"春"字，最后就以《泖水春秋》的书名正式出刊。那就请进《元宵情》了，但得用谐音：黄亦瑜。

王老和老黄，有许多相同之处：平易近人无官架子，工作认真踏实，为人正直，敢说敢当。他俩年龄相差三十年，王老一生最大的不幸，是遭遇五七年那场劫难。

文友王连瑜的第二本著作《泖水人物》即将出版。我曾被邀写了篇《代序》，介绍他可敬可佩的青年功绩，可悲可叹的中年挫折，可喜可贺的晚年华丽转身跃登文坛。下附全文如下：

金色年华

　　小时候,我曾听到一件感人的事:1945年秋,浙江四明山新四军部要撤离浙东,开赴苏北,部队官兵和地方党政干部有1.5万多人集中上虞,商讨北撤路线。其中二旅1600多名干部战士从澂浦抵达平湖县钟埭镇,然后要到新埭镇过青阳汇大江去上海浦东。数百公尺宽阔急流的青阳汇,靠摆渡速度太慢不行,需要在湍激的江面上迅速搭建一座浮桥。当时一个农家青年,清早摇了只农船,将自己乡下房屋上的二扇大门卸下,横排在船上直往青阳汇摇去,参与去青阳汇江面上用粗绳索将几十只农船、拖驳船排成一片,船上铺上大门和长跳板,很快搭起了一座又长又宽,非常壮观的水上大浮桥。

10月7日下午2时,新四军部队已到达新埭镇,从镇西城隍庙到镇东小猪行,所有大街小巷的大户人家都住满了驻军。也在此时,新埭镇公所通过保甲长又通知这个青年,到西市香山堂俞宅报到,住了一夜。10月8日凌晨,东方刚吐鱼肚白,部队吹军号吃早餐,战士点上一支白蜡烛照明,吃了顿乳腐糙米饭,部队嘱这个青年挑了六支步枪和用背带装的子弹,就摸黑上街排队出发,大队人马向青阳汇进发。这名青年和部队安全过青阳汇由他亲手参与搭建的大浮桥后,一位部队的领导向他问长问短问身世……一路上到达金山邱里庙时,这个领导向他握手道谢,说了句:"我们还会见面的!"他就随部队匆匆离去。

"我们还会见面的!"这句话,一直镌刻在我心上。这支部队是四明山新四军,抗战胜利后,和北方八路军,合编为解放军。我当文艺兵后,把这句话作为一篇追忆性散文的标题,发表在《解放军报》上,了却多年的宿愿。

但那位青年是谁呢?他们再见面了吗?如今他在哪里?他好吗?

"文革"前一年,我转业在上海,曾回老家看望不幸的近亲黄表弟。他受害其亡父,被开除公职,在镇办蔬果队艰困度日。十多年不见,他消瘦苍老背弯似弓。我除带了点物质外,更想在精神上能鼓动起他对明天的信心。我借助世界著名诗人普希金的诗,念给他听时,门外有人找他。表弟对我说:"是镇里的干部老王。"

话刚落音,老王已进来。我主动站起伸手和他相握,他说:"我叫连瑜。我知道,你是老黄表兄陆扬烈。"

我这才知道,他是故乡最早的乡农会主席,新埭镇第一任镇长,镇总支书记。我对他肃然起敬。并知道他就是那位卸自家门板,帮新四军渡河的热心青年!

遗憾!他一片真诚被"阳谋"击中。

交谈渐深,我重提普希金的名诗《假如生活欺骗了你》:

假如生活欺骗了你,

不要悲伤,不要心急!

忧郁的日子里需要镇静。

相信吧,快乐的日子将会来临,

心永远向往着未来,

现在虽还是忧郁,

一切都是瞬息,

一切都将过去,

……

"文革"开始,那忧郁的日子,为大家共有。一切都已过去,老王兄终于恢复青春。我和这位长我四岁的老乡,建立了通信桥,其间也会面过几次。他真是越活越精神,精力充沛。最使大家惊喜不已,新世纪开始,他以仅有小学的学历,十年磨一剑的顽强毅力,2002年出版一部二十五万字的《泖水春秋》,为家乡捧起一朵难能可贵的非物质文化的奇葩!

这部著作,包括建置、政治、经济、文体卫及宗教、风俗、人物、名胜、文献、书目等。如此丰富详尽的抢救性非物质文化记述，新埭全镇无第二人能做到。十多年过去了，王老已跨入九十二岁年华，他继续奋战，又为家乡捧出第二本力作。

先哲对人生善言：谁笑到最后，谁才是强者。

这句放之五湖四海皆准的格言，使人首先瞩目于朱镕基先生。1957 年也被生活欺骗了的朱先生，后成为全国最大城市——上海，历届仅次于陈毅元帅，名声最响亮的市长，中央曾集全国当时最优秀的市长组团访美，团长是朱镕基。

朱镕基是生活的强者，王连瑜也是生活的强者。朱老曾是大上海的强者，王老曾是古镇新埭的强者，他们都为祖国作出自己的贡献。

作家陆扬烈（左）和平湖市委常委、新埭镇党委书记钟伟华（中）、老镇长王连瑜（右）合影

一碗排骨面

褚亚芳

　　一家招牌叫"阿妈"的"阿妈面店"，就开在青阳镇美丽乡村游搞得最红火的泖田村东首，这家以家传红烧小排骨面而出名的女老板，她热情开朗，心善面和，顾客们都亲切地称她"阿妈"。阿妈服务周到，坚持薄利多销，所以天天顾客盈门，月月生意兴隆。

　　这天天色已晚，阿妈送走最后一批顾客，正收拾好桌椅，关闭店堂里所有的电灯，准备拉下卷帘门回家的时候，看见

门外站着一老一小两个顾客。老的戴副圆形墨黑眼镜,一看就是个算命先生。小的看起来十来岁的样子,小心扶着瞎子,看来是爷孙俩。

阿妈不相信算命这种事,在街上碰到像他们这样的,总是避避开。此刻他俩是顾客,阿妈也就客气地迎进门,在他俩落坐的小桌上方,开亮一盏灯。

老人问:"红烧小排骨面几铀一碗?"

女老板说:"十块钱一碗。"

老人的肩膀好像缩了一下,又问:"有便宜一点的吗?"

女老板说:"雪菜面,五块钱一碗。"

老人就说:"那请下一碗排骨面,一碗雪菜面。"

孩子忙说:"爷爷,我也要吃排骨面!"紧接着对女老板说:"阿妈婶婶,两碗都要排骨面!"

孩子不等爷爷说什么,已站起身,对女老板说:"阿妈婶婶,有没有热水,我们一早来毛家圩看桃花,爷爷一天没热水喝了。"

女老板说:"有,我给你们送过来。"

孩子又忙说:"谢谢阿妈婶婶,我跟您去拿。"说完,抢前朝厨房走去。

女老板和男孩一起进厨房,问:"这段时间桃花开得旺,今天举办桃花节,游客多,你带爷爷来这里算命了?"

孩子告诉女老板,他叫天宝,今年十岁,爷爷不是算命先生。原来他听同学说,泖田村毛家圩星期天要举办桃花节,那里有大片大片的桃树林,一眼望不到边,粉红色的桃花娇

艳迷人,真是美美哒。还有好看的文艺节目表演,小河里有
游船、有喷泉,真是倍儿棒!天宝好想去游览,他想带爷爷也
去。自从爸爸妈妈去世后,是爷爷一手把他带大,爷爷虽眼
睛看不见,但心里很亮堂,带他可以去感受一下呀!

　　如果天宝一个人去,爷爷也不放心。于是,天宝用根小
竹杆牵着爷爷,乘坐城乡公交车,来到了毛家圩游览点。天
宝牵着爷爷先到桃花林,让爷爷用鼻子闻闻盛开的桃花,爷
爷满脸的皱纹笑得像朵桃花,连连说:"香,香,香!"天宝牵着
爷爷到桃花节演出的舞台前,那里游客众多,人山人海,爷爷
站在外面竖起耳朵听着悠扬的歌声,高兴地说"好听!好听,
真好听!"天宝又牵着爷爷来到垂柳依依的小河边,小河里美
丽的喷泉发出"哗啦,哗啦"的响声,爷爷乐得像个孩子似的。
天宝通过这次美丽乡村游,他想回去可以写一篇老师布置的
作文了。

　　这时,女老板已倒好水。天宝忙摸出一张十元,一张五

元的钞票,说:"阿妈婶婶,还是一碗排骨面,一碗雪菜面吧。"

女老板觉得天宝这孩子,既懂事又可爱,可怎么又有点怪怪的,刚才还说两碗都要排骨面,怎么一下子又反过来了呢。当然也不好说什么,就把面钱收下了。

面煮好了,女老板托着盘子里两碗热腾腾的面,送到小桌上。天宝放下茶杯,抢似地双手端起排骨面,可又小心翼翼地放在老人面前,还夸张地吸吸鼻子,说:"爷爷,这红烧小排骨好香啊,爷爷快趁热吃!"

说这话时,天宝对女老板投去请求的目光,并点了下头,意思请她别说什么,然后把那碗雪菜面端起放在自己面前,尽量离他爷爷远一些。

女老板终于弄明白天宝的心意,顿时心里感动不已。

这时,她看到老人右手用筷子在碗里夹呀夹,终于夹住一块小排骨,摸索着送到孙子的碗里。

孙子说:"我也有的呀,爷爷自己吃。"

老人说:"天宝,你在长个子,多吃点。"说着又夹起第二块排骨,当爷爷把第二块排骨放到孙子碗里时,他看不见孙子已把第一块排骨,悄悄放回他的碗里。

如此,八块小排骨来回送去送回,最后都在爷爷的碗里了,祖孙俩开始各吃各的了。

女老板被这个十岁的小男孩天宝,感动得眼圈也红了。她快步走进厨房,用碗又盛起八块小排骨,并开亮店里所有的灯,在满屋辉煌的光亮中,她把八块排骨,溢满母亲般的爱心,放入孩子的面碗里,并抚摸了一下孩子的肩膀,示意他不要声张,也不要拒绝。

当祖孙俩各自吃完"阿妈面店"那碗家传的红烧小排骨和热汤面时,女老板重新为老小两位特殊的顾客,泡好一壶她珍藏着连自己都舍不得喝的上品珍珠绿茶,送到小桌上,说:"老人家,请喝点热茶,多休息会。"

天宝站起身,久久望着女老板,忽然响亮地、发自心肺地叫出一声:"阿——妈!"两颗亮晶晶的泪珠,从他的眼眶里跌落下来。此时,他想起了在天上的阿妈。

女老板情不自禁地,把这个和自己最疼爱的小儿子一般大的孩子,紧紧地抱住,在他耳边轻轻叮咛说:"有便时,就领爷爷常到阿妈店里来。"

(发表于 2018 年 7 月 20 日澳大利亚《大洋时报》,同年 12 月在干窑首届全省乡村振兴新故事创作大赛中荣获优秀奖)

褚亚芳笔下的少儿形象

陆扬烈

小说《元宵情》，热诚描写农家女方雅取得学士学位，毅然放弃国家单位、省城户口，回来白手起家办厂，造福家乡，和广大乡亲同创小康生活。

这个可敬可喜的主要人物，心地善良，勤学自谦，奋发图强，以身作则，与人为善。她的这些良好品德，必然影响她的女儿娅娅。在围绕她一起展开故事的四个配角中，作者写得最出色的首推小姑娘娅娅。

娅娅生长在一个充满爱心的幸福家庭，有风景如画的临水家屋,有勤劳的外婆外公,有当艇长的海军爸爸,有关心她艺术爱好的阿姨。她无忧无虑长到进入中学,成为中学乐队的长笛手。

娅娅在读者面前亮相,在元宵节的清晨,她自己房里半开门前,因听见外婆在对她妈说:囡囡还在睡觉,其实她校服已穿好,所以探出头朝楼下做鬼脸。这小姑娘俏皮活泼性格在全家宠爱中,充分显现。

她参加向泖田厂祝贺的小乐队,连母亲都瞒着,好让厂长母亲有个加倍惊喜。这就有她第二次做鬼脸的镜头,给读者对其天真俏皮性格印象更深。

她的第三次出镜,作者顺利介绍她爸爸是海防前沿海军艇长,她也是父亲心中的宝贝。这个情节展现这三口小家浓浓的温情,被小乐队伙伴自发奏鸣的《世上只有妈妈好》尽人皆知尽人动情的曲声中,推上人性人情的巅峰。

表现这女孩的聪明机智,是在轿车载祖孙三代回家乡丰畴村的路上。老镇长要追究摸彩"定做过手脚"时,她不但承认自己是"主犯",而且竟得意地交待此案由来、经过、完成:

寒假回家第一天晚上,她洗完澡"嘭"的一声推开母亲房间的门,要去发嗲。见妈妈半卧床上对着手机在说话,她立即俏皮地说:"啊呀呀,妈你在和爸爸说悄悄话,对不起对不起呀。"说完转身要走。被母亲骂了一声:"死丫头! 你给我回来。你爸正要找你呐。"

她喜滋滋走去接过手机朝父亲发嗲,要他也回来过探亲假:"爸呀,我们全家团圆过春节多好啊!"父亲回答说:"爸爸有任务,我家娅娅是中学生了,懂事了,离家一个学期,假期里好好陪陪外公外婆。你妈还有重要事和你商量呢。"

听到这话,这女孩立即严肃起来。听母亲告诉她,政府奖给六万元奖金,自己准备留一元钱作纪念,一半赠厂幼儿园作福利,问她同意不同意,她立即认真地说:这是她第一个母校,而且是母校第一届毕业生。当然举双手同意!那另一半即两万九千九百九十九元,母亲想赠给家境比较困难又即将退休的老花匠,娅娅立即非常懂事地说:所有的工厂增产不难,而解决三废污染很难,老花匠爷爷为厂里的废气处理很成功而且省钱又省力,功不可没,得这份奖金完全应该。母亲为难地说,老花匠性格倔强自尊心很强,不会接受亲友馈赠的。娅娅就说现在开庆祝会都搞抽奖,"妈你在建厂十周年庆祝大会上,也搞个抽奖,人人喜欢的。"可是厂长母亲担心老花匠爷爷能抽到奖吗?! 机灵的娅娅心中早已有妙计了……果然,厂长果然"稳扎稳打"如愿以偿,使老花匠朱来根在大家的信服中抽中了奖。

作者写《元宵情》的立意是感恩。这个主题思想也是由这女孩用长笛伴奏，在妈妈和专业歌手季琦姨妈的"You Rais Me Up"深情歌声中，圆美完成。

与娅娅命运截然不同，《一碗排骨面》里的那个小男孩天宝，不幸父母过早病逝，他有天去美丽乡村毛家圩桃花节上游玩，也带上瞎眼爷爷，不知道的人以为他们是算命的。连心慈面和"阿妈面店"的女老板，也这么想，如果在街上碰到的话，也避避开。

"阿妈面店"以家传红烧小排骨面闻名远近，女老板服务周到，薄利多销，从早到晚，食客盈门。顾客都友好亲切称她"阿妈"。

这天，女老板送走最后一批食客，关闭厅堂所有的灯，准备关门打烊。忽见门外走来一老一小两个食客，有点怯怯的神色，看来是钞票有限从未来过的食客。

女老板引他俩在一张小桌坐下，开亮头顶一盏灯。

真是穷人家的孩子早当家，十来岁的孩子掌着全家经济出入。问清每碗面的价钿：排骨面十元，雪菜面五元。爷爷说："我们要一碗排骨面、一碗雪菜面。"心意很明白，下定决心慕名来的，再贵也要让孙儿吃到品牌面。孙儿似乎误解了，立即说："我也要吃排骨面。"对女老板肯定地说："阿妈婶婶，我们要两碗排骨面！"

小男孩因爷爷半天没能喝口热水，去要点热开水。他赶到厨房间，把十元、五元两张很皱很旧的钞票不好意思地递上，轻声说："阿妈婶婶，还是一碗排骨面，一碗雪菜面。"

当女老板把两碗面送上小桌时，小男孩抢着把排骨面端到爷爷面前，夸张似地说："排骨好香啊。爷爷快趁热吃。"并用请求的眼神看着阿妈婶婶，要她别声张。

这瞬间，女老板明白了掌握钱财的小男孩那颗爱心，顿时一震。接着，她看到老人用筷子在碗里探索，夹起一块小排骨，隔着桌面放在孙儿的碗里。孩子大声说："我也有啊，爷爷自己吃！"

老人说："天宝啊，你在长身体，多吃点。"说着又去夹第二块。

女老板看到当第二块排骨落在雪菜面碗里时，第一块排骨已被天宝悄悄放回爷爷碗里。如此，第三第四块也这样来来回回，看不见世界的老人，开始和他孙子第一次一起享用阿妈面店著名的汤面了。

这时，阿妈婶婶已被这个小男孩感动得眼眶也湿润了，她快步走进厨房，盛起八块小排骨，端到小桌旁，不动声色轻轻倒在孩子的碗里，并摸着他的肩膀，要他也不要声张，更不要拒绝。

当祖孙两人各自吃完八块红烧小排骨和热汤面，女老板破例泡上一壶自已不大舍得喝的上品珍珠绿茶，对老人说：

"老人家,喝点热茶,多休息会。"

小男孩站起身,深深地望着阿妈婶婶,他突然喊出一声:"阿——妈啊!"他想起在天上的阿妈,两眼泪珠滚落下来。女老板情不自禁,把这个和自己小儿子一般大的孩子紧紧抱住,流着热泪在他耳边轻声叮咛:"天宝,好孩子,常领爷爷到阿妈店里来!"

褚亚芳是位母亲,是位祖母,每个周末如没有急办的工作或会议,她必从上班的新堰镇赶去在嘉兴市区的儿子家,和小孙孙共度假日。她曾当过镇托儿所所长,担任文化站长时编导过少儿文艺节目。我相信,因为她有这些经历,有一颗纯真的母爱之心,才能塑造出如此感人的少儿形象。

辑二

天涯情

天 涯 情

褚亚芳

　　赵秀涯急匆匆乘出租车直奔机场,在车里透过玻璃窗,远远地就看到朱岚站在候机厅大门口,正焦急地看着腕上的手表。

　　"阿岚,阿岚——",车一停,赵秀涯就跨出车门,拉着行李箱直奔朱岚而来,"对不起,对不起啊!"

　　"小心别急,嗨,来了就好啦!"朱岚谅解而开心地笑着,舒口气说,"我真担心,怕你又打退堂鼓,不来了呢!"

　　赵秀涯抿了下嘴唇,这是她表示歉意的习惯动作。朱岚已亲昵地挽起她的臂膀,朝候机厅的休息室走去,边走边问:"阿秀,阿妈和玲玲都安排妥了。"

　　"嗯,安排妥了! 你介绍的林阿姨很好。"赵秀涯感激地紧捏一下朱岚的手,"老妈和玲玲都喜欢吃林阿姨烧的菜。"

　　朱岚和赵秀涯是中学的同学,大学毕业后,又都如愿以偿成了同一所中学的老师,之后又成了表姑嫂亲戚的关系。

　　她俩款款步入候机厅的茶室,朱岚找到一张小桌,示意赵秀涯坐下。然后要了两杯珍珠奶茶,俩人边悠闲地用吸管吸着奶茶，边轻声地说着话。忽然赵秀涯发现，在她对面不远处的一张小桌旁，面朝她俩坐着一个熟悉的身影。她瞪大眼睛不惑地问："阿岚，你看！对面这个人不是你家大鹏吗？他怎么在这里，是来送你呢？还是同去三亚呀？"原来他们三个都是中学的同学。郁鹏魁伟高大，在校时各门功课都很优秀，还是学校的长跑健将，所以同学们都叫他"大鹏"。

"噢！他嘛，他去他的。"朱岚若无其事地回答。

赵秀涯觉得自己的处境有点尴尬，就撅起嘴不高兴了："你倒好，又要我当电灯泡呀！"

郁鹏学生时代就暗恋被男生们私下称"班花"的朱岚，大学毕业后，央求从小一起长大兼同学的秀涯表妹当"红娘"。两人第一次约会时，朱岚还不好意思，硬要她一起陪着，就这样当了回俗称的"电灯泡"。可今天，她真有点生气了："早知道，我肯定不来！"

郁鹏显然已发现她俩看见他了，也察觉到秀涯表妹好像有点不高兴的样子，忙起身朝她俩走来，帮朱岚解围，和他坐在同桌的颇有风度的男子，也紧跟着走过来。郁鹏笑嘻嘻地说："阿秀，你放心吧！老哥我是陪这位好朋友，正好也去三亚。你俩归你俩，我俩归我俩哟。"

赵秀涯听表哥这么一说，心想多个同机的旅伴也好，大家相互有个照应，又是自己的表兄和他的好友，也就心平气和了许多。郁鹏礼节性地把好友介绍给赵秀涯："这位是我医大的同窗好友，刚调来我们医院，是口腔科的副主任。叫耿天勇，就叫他老耿吧！"耿天勇礼貌地点了下头，"幸会，幸会!"赵秀涯瞟了这人一眼,算是打过了招呼。

机舱内,朱岚和赵秀涯的座位在后一排,和两位男士的座位隔过道成斜角视线。飞机飞稳后,郁鹏走过来把一只精美的盒子,交给妻子,笑着对表妹说:"里面是你喜欢吃的,金石豆。"

金石豆,是用精选的花生米,先炒熟,再在花生米的外面用白糖包裹而制成的,一颗颗看起来雪白晶莹,像一颗颗小弹珠,吃起来又甜又香又脆。是赵秀涯从小最喜欢吃的零食。金石豆,是江南水乡所特有的一种食品,不但工艺比较复杂,而且本多利薄,市场上已越来越少见,一般很难买到了。

朱岚打开盒子,递给赵秀涯:"快吃吃,看是不是小时候的味道。"赵秀涯很高兴,在表哥和闺蜜表嫂面前毫不拘束,立马拿起一粒放进嘴里,边津津有味地吃着,"嗯,好吃,你在哪里买到的呀?"边问表哥。

"我出差每到一个地方,都注意寻找这种金石豆,老想讨好答谢你,总是找不到。"表兄笑着说,"还是老耿运气好,替我买到这金石豆了。"他临转身回座位时,不动声色地对老婆会心地笑了笑。

赵秀涯边吃着金石豆,边目送表哥回到座位上,正好看到表哥说买到金石豆的老耿的侧影。她吃一惊,这侧影太熟悉太亲切太难忘了,怎么这样像……

那老耿,自始至终在极力地控制着自己,尽量不朝右后方向看。但他竖起耳朵,像录音机一字不漏地收录着他们三人的对话。而此刻，他的余光里，似乎发现那个如郁鹏所介绍的，当年的"班花B"，正朝这里投来注视的目光呢。

这老耿虽没说上话，但心里有点喜滋滋的，从候机室到机舱的一切，都按着同窗好友伉俪的精心设计，按部就班地进行着。

四人同机平安到达三亚，顺利入住预订的宾馆。两间客房是相连着的，都向阳面朝着大海，落地的玻璃墙外，是两房可来往的宽阔木结构走廊，各设有一张小圆桌和四把藤椅，是坐观大海风景和休闲娱乐的好场所。在这样的小天地里，朋友间就好似一家人一样。那阿秀和老耿见面还不满一天，有表哥表嫂在场，也没有什么可尴尬的。

晚饭时在餐厅里，朱岚和老公故意坐在阿秀的左右两侧，这样使她和老耿在餐桌边距离虽远了些，却正好是面对面坐着。服务员来问，要"什么酒?"表哥回答说：谢谢，我们

不喝酒,请来壶"茉莉花"吧! 服务员端上茶壶和杯子来,表哥边为老耿倒茶边说:"今天破例,陪你喝茉莉。"阿秀感觉表哥这话,好像是故意说给她听的。

赵秀涯敏感地想,这次海南之行,怎么会有这么巧的事呢? 和他俩碰在一起,事前毫无迹象。唔,不对,这肯定是表嫂阿岚出的主意。这几年来,不是她一直在真心关怀着自己的婚姻情况吗? 这个耿天勇,一定是表哥表嫂安排来的呀。想到这里,她的心头不禁一热,也就不由自主地,第一次用正眼打量起对面的人来。只见他正端着茶杯,一副颇懂点茶道,显现出优雅品茶的风度。在三亚的第一餐,菜肴虽没什么特色,赵秀涯却吃得很舒心。

第二天,夕阳西下,瑰丽的红霞和洁白的海鸥在海天间飘飞,海面上吹来清凉的海风,涌起阵阵轻浪发出有节奏的涛声。朱岚和阿秀脱掉鞋,赤脚踏进柔软的沙滩,又一步步跨进海水,和蓝色的大海来一个亲密的接触,顿觉心旷神怡。两位男士在沙滩上为她们拍照,并招呼别跑太远。赵秀涯自丈夫离去的六年来,还真是第一回如此地轻松愉快过。

月亮升起来了,无边无际的群星,在渐渐变成蔚蓝色的长空里,就像无数的小眼睛,一眨一眨闪烁着光泽,沙滩的美景,真使人留恋忘返。赵秀涯等四人,虽依依不舍,但因天色已晚,就离开沙滩,去逛逛三亚的夜市,也会另有一番独特的景象吧!

三亚的夜市十分的繁华,灯光闪亮照射得如同白昼。各式各样的摊位组成了一条望不到头尾的小街,人来人往热闹非凡。朱岚、阿秀两人怕挤散,一直手拉着手。

赵秀涯高兴地看到家乡很少见到的榴莲,这可是她喜欢吃的一种水果呀。但阿岚和表哥闻到榴莲味就捂鼻子,再说那个客气的新旅伴会不会嫌弃这种味道呢?她想买,但还是克制着没敢买,忍痛割爱地走过这个摊位。可没走几步,又有个卖榴莲的摊位,这些榴莲更新鲜。阿秀忍不住在摊位上挑中了一个,最后还是左右为难地放下了,她的动作被细心的老耿都看在眼里。这时,有位顾客捧起阿秀看中又放下的那个榴莲,对摊主说了句阿秀听不懂的广东话,摊主礼貌地摇摇头。没料到,一直在旁的老耿,上前也说了句广东话。于是摊主立马笑容可掬,把这个榴莲认真地擦干净,用刀对半切开,分别称重后,装进两只食品袋。老耿和那顾客一人一袋,三个人都皆大欢喜。

阿秀有点喜出望外,心想:这老耿难道也是一位榴莲的美食客,还是特意为自己买的呢?他居然还会说广东话,真不简单。阿秀有点欣赏起这位老耿来了。老耿付钱时问摊主:"有山竹吗?"

摊主边应边捧出一盆山竹,老耿挑了一些。阿秀只听说过山竹这种水果的名字,真正的在眼前看到,今晚是第一次。

逛夜市的游人越来越多,大鹏说:"我们回去吧,榴莲切开放久了不好。"回到住所,四人在阳台上休息。大鹏把刚买来的两只芒果洗干净切好,放在淡盐水盆里,朱岚拿扦子扦起一块吃。阿秀打趣地对表哥说:"真是个好老公啊!"

朱岚把她朝对面小桌一推:"你也快去,吃你的榴莲吧!"

那老耿已把榴莲和山竹剥开切好,放在小桌上。阿秀抵挡不住榴莲的诱惑,顺势过去。老耿搬出椅子,请阿秀坐下吃,两人边吃边进行着一次面对面的对话:"这山竹,最好和榴莲一起吃。"

"为什么呢?"赵秀涯望着耿天勇,眼睛里流露出好奇的目光。话头被引出来了,老耿就侃侃而谈:"它俩一个性热一个性寒,一起吃,才不伤胃。"又说,"这山竹只有配上了榴莲,才可称为后。"

"称后? 称什么后?"阿秀不解地问。

"榴莲不是被称为水果之王吗? 那跟它配在一起的,不就被封为水果之后了。"把正吃着山竹的阿秀,逗得笑出了声。赵秀涯感觉这个老耿知识面挺广,而且也挺幽默的。一面心满意足地吃完了配有王后的水果之王,一面也放松了心情。夜深了,大家冲过凉,都美美地睡下了。

半夜里,朱岚被对面床上传来的一阵阵呼痛声惊醒,她抬起头看看,呼叫声更厉害了:"哎唷,痛死了,阿妈来呀!"人在最痛苦时,都会下意识地喊爹叫娘。这阿秀不知突发什么急病,朱岚慌忙开灯坐起,急问:"怎么啦,阿秀! 你怎么啦? 哪里痛啊?"

朱岚坐到阿秀的床沿上,轻轻挪开她捂住左脸颊的手掌,看到有块红肿已突起,又埋怨又爱惜地说道:"是不是你这颗蛀牙,恶性又发作了呀? 早就劝你多次,拔掉拔掉,一劳永逸,就是不听,这回倒好,发作在旅游途中了。"一心要想当好"红娘"的表嫂,又气又急,"你呀,一定是榴莲吃多了,吃出来的!"

"阿岚,求求你,别说了,牙痛不是病,痛起来真要我的命啦!"

一看这情况,朱岚不敢懈怠,等不及天亮,就拿起手机向老公告急。听到手机铃响的郁鹏心急如火地问:"阿岚,出什么事啦?"

"你大表妹那颗该死的蛀牙又发作啦!"朱岚说,"快过来,你从阳台过来,别惊动老耿!"

郁鹏刚到隔壁,那老耿也跟着过来,手里还拿着个医疗袖珍包。这位口腔科副主任马上对患者进行现场治疗。没有治疗椅,他让阿秀坐到单人沙发上,让朱岚扶住病人。灯光亮度不够,让大鹏用手机的电筒光照着病牙。只见他左手用小反光镜对着病牙,右手拿钩子剔出蛀牙里的残留物,如此折腾一番,让阿秀用温水漱口,还拿出止痛消炎药,让她服下。渐渐地阿秀的疼痛减弱了,阿岚扶她上床休息。因疼痛过度而疲惫不堪的阿秀,很快入睡了。

朱岚轻声说:"我守着她,你们回去休息吧。"

三亚的海天启明星升起早,东边的天空已现出今天将是个温馨丽日的晨曦,原可尽情游览三亚的南国风光,但牙痛尚未痊愈的患者,适宜在阳台的走廊上散散步,活动活动筋骨,调整一下情绪,有利完全康复。这个临时性的"四口之家",在远离家乡的海南异乡,怎可留下阿秀一人去游玩呢。

赵秀涯觉得很对不起大家,对表哥表嫂还好说,对刚认识的老耿真是过意不去,而且还让他半夜义诊。在坐着闲聊时,朱岚对阿秀说:"这次回去,你不要再犹豫不决,下个狠心把蛀牙拔掉,装颗假牙,免得再吃苦头。"

赵秀涯这回点点头,也下定了拔掉的决心。谁知口腔科副主任却立即反对:"牙不要拔,再好的假牙,也没有真牙好。"说完忙对患者说明,"这颗牙,只需把牙神经抽掉,补好,加个钢套,就行了。"

朱岚笑着像家长似地说:"啊,这太好啦,那就拜托耿医师啦,谢谢啦!"

黄昏前,下了场大雨,天气十分凉爽。赵秀涯牙痛完全消失,一整天只喝流质食物,到晚餐时间,肚子里已唱起空城计了。耿医生主动为她要碗鸡汤蛋花银丝面。阿秀吃得特别香,连面汤都喝光了,感到浑身舒坦,有了力量。

大鹏以当仁不让的旅游组长的口气说:"今晚大家早点睡,养足精神,明天我们可好好玩个痛快!"给大家拖后腿白白浪费一整天的阿秀,心里对大家充满了歉意。

熄灯前,朱岚招呼阿秀说:"你过来睡,我给你讲点事。"

上中学时,两人一有机会就躺在一起说悄悄话。阿秀知道表嫂今夜要讲什么,自己也正想知道有关的情况呢。

月亮在雨后的天空,显得格外明亮,像个大玉盘似的高高挂起,如泻的银光透过海蓝色的窗帘,给熄灯后的房间,笼罩上一层朦朦胧胧梦幻般的意境。

"阿秀,你对他有感觉了吧!他就是我上次对你说起的,那个新好男人,你表哥的同窗好友。"表嫂悄声打开话题。

阿秀不好意思地说了句"啥感觉呀!"

"你敢对我打哈哈,你的大事,那我可不管了。"

阿秀知道表嫂是真心为自己好,也就打开天窗说亮话:"我,我一开始感觉他的侧影,好像玲玲她爸爸,似有一种特殊的好感。但我还不了解他嘛!"

"你还不了解他?那我给你分析一下:买金石豆,能为一个女人留心做一件小事的男人,说明他对这个人是上心的;买榴莲配山竹,可以看出他是个见多识广的男人,你看他,多有情调呀!半夜治牙痛,说明既是一个有专业知识,又遇事敢于担当挺身而出的人,你说我分析得对不对?"表嫂边分析边反问。

对于阿秀来说,想了解的太多太多了,一时不知提哪些。朱岚见阿秀不啃声,又接着说:"这样吧,我先告诉你,他看中你的三大要素。听仔细啦:一,他得知你也守寡六年,感动至极……"

"什么?他也失去妻子六年了。"阿秀感动了!她有个顽固的想法,认为有条件的已婚男子,不会单身过一年的。学校里有位评上优秀的老师,妻子病故才一个多月,就和银行一位带孩子的营业员结合了。男人么,哪挨得过六年那么长的日子呢。这个耿天勇,他……阿秀的思路被表嫂的话打断,"他真和你一模一样,都记着那句临终遗言……"

阿秀又一惊,耳际立时响起丈夫对她说的最后一句话:"阿秀,你一定、一定要给玲玲,找个喜欢她的爸爸!"当时,她搂着才九岁的女儿,哭着说,"我不找,不找不找!"但挚爱她母女的丈夫,用生命最后一丝力气,瞪着两个亲人,似不瞑目。陪在一旁的表嫂，流着泪，慰告他，说："放心吧，这件大事，有我负责！"

此刻，已不需要表嫂介绍，阿秀已相信，那位耿嫂，临终说的，也必是"给孩子，找个爱她的妈妈"。老耿的回答，已用他六年的行动足以证明。但是，他们的孩子，会不会接受我这个继母呢？这事怎么好问表嫂，问她也没用呀。谁知表嫂仿佛看懂她的心思，竟告诉她："老耿的女儿今年刚进我们学校。她可了解你呐！她亲口对我说过，非常羡慕玲玲，有个你这样的妈妈。"

"玲玲？她怎么知道的？"

"喏，她俩是小学同一张课桌的好朋友嘛。我们两家是近邻，玲玲来我家，总叫她一起来。你现在是这名中学生的班主任哪，亏你就要做她妈妈了，都不知道！"

这位妈妈班主任，想起玲玲最要好的同学耿小兰，常被玲玲带到家里来玩。见到自己，总是先鞠个躬，甜甜地叫"赵阿姨好！"进中学后，改叫"赵老师好！"赵秀涯心里涌起一股暖流，不禁想着：以后，以后在家里，小兰会跟着玲玲叫自己"妈妈"的吧！

"你还有什么要了解？问个彻底好了。"阿岚耐心地说。

"我要问问阿妈。"

"你又不是三岁小孩，要问问阿妈。再说只要两个小孩相处好是关键，我老姑哪会不同意的，她早就盼你早点找一个了。"阿岚有点着急的说，又笑笑，"喔，对了，老耿爱你的第三点是什么，你想不想知道啊？"

　　阿秀确实很想知道,故意说:"第三点是什么呀,哪来的这么多一二三的。"表嫂神秘地说:"老耿他说了,他非常喜欢你的性格。"

　　这话使阿秀又想起玲玲的爸爸,对自己也对表哥表嫂说过:"我就喜欢阿秀,这种养不大的性格。"这大概是男人的习性,喜欢自己的老婆永远养不大,有种小鸟依人的感觉。老耿,将来成为玲玲的爸爸,也喜欢她这样的性格。想到这里,阿秀的心里有点甜丝丝的滋味。

　　火红的太阳,金光闪耀着跃出海天相连的远方,被大雨沐浴过的天空,更显晴空万里,蔚蓝色的海面上微微起伏着波涛,洁白如雪的海鸥群忽上忽下地飞翔着欢叫着,有的贴近海面嬉耍时,真让人担心它的翅膀会被海水染蓝了。

　　清晨的沙滩上，飘散着大海所特有的沁人心脾的气息。朱岚挽着赵秀涯，走在两个男士的前面。她深深呼口气说："这地方空气真好啊，我回去和大鹏多积点钱，退休后来这里养老。"说完问："阿秀，你们也一起来吗？"

　　阿秀含笑不语。朱岚回过头，大声说："老耿，你表个态！"

　　耿天勇心领神会地大声回答："好啊！照表嫂说的办。"

　　四个人各自怀着自己的心思，轻松愉快地笑着，朝那块天然大石柱走去。那大石柱像个巨型的大石碑，上面书写着：天涯海角。

　　石柱前，有个牵骆驼的照相师，正招揽着游客骑骆驼拍照留念。这地方出现"沙漠之舟"，真是出人意外。朱岚忙拉住阿秀："我们也去拍张照，留个纪念吧。"忽又转身问阿秀："你俩先拍，还是我和你表哥先拍。"这事来得突然，阿秀没思想准备，拘泥不定。大鹏拉住妻子，说："那就我们先拍吧！"他俩骑上驼背，朱岚指着石碑上的字，对摄影师说："请把上面的字和大海一起拍进去。"

　　大鹏和朱岚的合影瞬间拍好，大鹏小心扶朱岚下到地面。朱岚忙拉住阿秀，生怕她逃跑似地，叫老耿快过来呀，老耿就过来把阿秀托上驼背，然后自己跨上驼背，在骆驼站起晃动时，就势把阿秀保护式地搂在怀里。

　　老耿和阿秀的合影也很快拍好，照片上含笑着的"天"和"涯"，和背景上的"天涯"两个大字，在朝阳里相映成辉。朱岚笑着说："我们拿回家，把照片放大，配个大镜框，作为贺礼挂到你们的新房里。好不好？"秀涯的脸像少女般地红了。

　　四个人围着海边的岩石，转着圈欣赏。只见大石柱上写有这样的内容：还是有情的人，来到此"天涯海角"，回来时必须手牵着手。无论前面遇到什么，必须朝前走；也不论后面发生什么，坚决不能回头。只有这样，有情人才能终成眷属，白头到老。

　　四个人都看到了，都会心地对视了一下。郁鹏先牵起朱岚的手，转身回去，一对原本相亲相爱的人，先在前面牵手而行，预示着爱情到海枯石烂，天长地久。耿天勇在他们后面，也勇敢地牵起阿秀的手，永不回头，表明着两人的爱情从今天起，一直到地老天荒，一直到永久！

　　两对爱人相互手牵着手，奔跑着，奔跑着，面对大海，春暖花开！在他们身后的海滩上，留下了两排深深浅浅的脚印……

　　（发表于 2018 年 5 月 4 日、11 日澳大利亚《大洋时报》，2018 年 5 月刊于《新埭文化》第二十五期）

雪蕾结硕果

褚亚芳

在北风呼啸,雪花纷飞的寒冷季节,平湖市雪花产业园的蘑菇大棚里却温暖如春,洁白如雪的朵朵蘑菇竞相破土而出,又如花蕾般次第开放。欢乐的菇农们正忙着采菇、装箱、上车,煞是一派繁忙景象。原来他们将这一箱箱印有雪蕾商标的蘑菇运往平湖、嘉兴、上海等各地市场。

按理冬季不是蘑菇生长的季节,可雪花产业园为什么每天会提供6吨多鲜蘑菇呢?那就得从创建雪花产业园的主人顾在良,读书创业创品牌说起啦。

顾在良,41岁,中等身材。1986年10月,他退伍回到家乡,靠亲友资助和信用社贷款,投资4000元种植了3000多平方尺蘑菇。从此，他和蘑菇结下了不解之缘。他凭着一腔热情，建棚、堆料发酵、买菌种，整天忙得不亦乐乎，喜滋滋地盼着有个好收成，结果菇棚发生大面积菌虱，使他一年的辛勤劳动全化成了泡影。顾在良面对失败，痛定思痛。他想光靠摸着石头过河不行，古人云"书中自有千钟粟，书中自有黄金屋"。他就订阅了《农村信息报》《嘉兴农业》杂志，还到平湖新华书店购买了栽培蘑菇的专业书籍。孜孜不倦的学习，使他大开眼界，拓宽了思路。第二年，顾在良栽种蘑菇 5500 平方尺，将书本上学到的知识应用到蘑菇栽培的实践中去。不断总结经验，做好蘑菇生产笔记，他还经常请省里的专家来现场指导。功夫不负苦心人，这一年，顾在良获利 1.5 万元。

　　经过 10 多年的摸滚打爬，他常说："农民想致富，读书学习第一步。"通过广泛阅读，使他掌握了通往创业殿堂的金钥匙。他率先引进蘑菇新品种，合理配置营养碳氮比，实施无公害化操作栽培。科技知识的投入，使他生产的蘑菇不但产量高、菇色白，而且肉质厚、外观美，在周边市场价格稳定，竞争力强。2002 年，顾在良大胆投资 80 多万元，征地 30 亩，搭建了 28 个蘑菇大棚，创建了平湖市雪花产业园，成了浙江省最大的蘑菇专业户。他种植的 20 万平方尺蘑菇全部采用国内最新的品种，并依托上海、浙江、江苏农科院，市食用菌公司等科技部门，引进蘑菇栽培"三新"技术，并应用新型蒸汽发生器进行加温二次后发酵，妥善解决了因明火加温菇房缺氧造成人员伤亡的后果。顾在良还专门为蘑菇注册"雪蕾"牌商标，实行品牌销售，诚信经营。同时，他还牵头全镇 21 位种菇大户,组建了新埭镇蘑菇专业合作社,由他担任社长,建立了合作社＋产业园＋农户的经营模式;构筑了合作社为龙头,产业园带农户,订单作保证,科技为先导的蘑菇生产销售平台。此年,雪花产业园共采摘销售鲜菇350吨,创产值100多万元。2004年,顾在良又投资60多万元,搭建8个蘑菇棚,面积5万平方尺。全部采用新型高强度无机复合耐火材料作支架,用塑料隔热板、高保温无滴长寿膜和长寿反光膜替代原始的隔热保温保湿材料稻草,达到菇棚内人为调控温湿度的效应。顾在良这5万平方尺蘑菇又比常规栽培增加效益10余万元,一举荣获了省科技项目奖,雪蕾牌蘑菇还在2004年农博会上荣获金奖。

顾在良读书创业创品牌,不仅创造了春、秋、冬三季雪蕾蘑菇硕果累累的奇观,为自己带来了财富,而且还带动周边的农民一起种菇致富奔向小康新生活。

(2005年4月,荣获"读书奔小康"全国农民读书征文活动三等奖;2005年11月,荣获由人民日报社、中国新闻出版社、中华全国工商联合会宣教部、中国作家杂志社、中国文化报、全国政协纵横杂志社联合举办的第五届"新世纪之声"《中华颂》银奖)

风雨过后现彩虹

褚亚芳

曹爱珠,是平湖市新埭镇旧埭村的一个普通的农家妇女,今年 43 岁。其实她跟其她的农村妇女一样,也过着平平淡淡的生活。所不同的是,她比她们的经历更曲折一些,经受过比较大的磨难。想当初,曹爱珠和她丈夫顾在良一起开过手套厂、音乐茶座。自从 2001 年开始种植蘑菇,从原来的 26 亩一直发展到现在的 60 多亩,总投资达 200 万元,年销售收入 130 多万元。由于创办的"平湖雪花产业园",属于浙江省最大的食用菌生产基地,也是浙江省农科院食用菌中试基地,所以,当时顾在良在蘑菇的同行中被人称为"蘑菇大王"。

可"天有不测风云,人有旦夕祸福",2006 年 3 月一场突如其来的车祸,夺去了曹爱珠丈夫年轻的生命,从此她丈夫永远地离开了她们母女俩。面对丈夫突然撒手撒下的这一个大基地,爱珠感觉像天塌了一样。娘家的人都劝她:你一个女人家,是很难做好这些生意的,那是男人做的,还是把基地卖了吧,好好培养女儿。在不知所措中,爱珠陷入了一片迷茫。

正当曹爱珠痛彻心扉,最需要人帮她拿主意的时候。镇里的领导、妇联的领导、农技站的干部都来了,是他们给了爱珠希望和力量,使她擦干眼泪,学会了坚强。当时爱珠一直思考着:"要是他还在的话,肯定不愿意看到蘑菇基地就这样转让掉,而今天要是在自己的手里草率处理掉,他如地下有知的话,也一定会埋怨自己的。"爱珠面对丈夫辛苦创下的这份事业,为了能继续实现他生前的梦想,她在镇政府及妇联的关心、帮助下,就毅然用自己柔弱的肩膀,挑起了"雪花产业园"蘑菇种植基地的这副重担。

因为她坚信:风雨过后必定会见彩虹!

在实践中学习

曹爱珠在旁人的叹惜与观望中,接过丈夫的事业,憋足劲没日没夜地蹲在蘑菇种植基地。那一阵子,她什么也不想,她最大的心愿就是要把基地搞好。因为以前,她在基地里只帮忙采摘蘑菇,干点杂活,她对于蘑菇的种植技术来说是个门外汉。而当所有的事都压到她肩膀上时,爱珠只有在实践中,拿起丈夫生前学习过的蘑菇栽培技术书籍学习。她每天一早就起床,首先拿着技术书本进蘑菇棚,一边翻书,一边对照着查看蘑菇的长势。而蘑菇配方、二次发酵、用药要怎么控制、蘑菇棚温度怎么调节、何时播种、何时覆土,这些她都通过参照书本摸索而来,渐渐地也就掌握了常规的蘑菇种植技术。当遇到疑难的问题,就向丈夫生前的一些种植蘑菇的好友请教。

可 2007 年 7—8 月份,遭遇到菌菇发病的高峰期。由于曹爱珠还没掌握恰当的用药技术,一下子出现了好几个大棚的珍稀菇烧菌,她急得好几夜不能入睡。为了及时了解病况,她就干脆搬到基地里住下。每天睡到半夜,还要起床去菇棚检查情况,回来再查阅资料。这一段时间下来,她人瘦了一圈,也黑了很多。家人看到后都非常心疼,再次劝她放手基地说:"你现在也不愁吃不愁穿,还是多为自己的将来打算打算。"曹爱珠就耐心而坚定的告诉家人:"在良的心血不能白费啊!而且我也习惯了这样忙忙碌碌,就算再难、再苦,我也绝不放弃!"

曹爱珠在菇棚工作

几天后,她终于请来了浙江农科院的技术人员蔡老师、金老师,在他们的指点下,她很快掌握了用药技术,控制了病情,避免了更大的损失。就这样,她一次次地闯过一个个难关,也显露出她的聪明与才干。现在她更努力地学习着有关菇类种植的技术,向菇类生产的纵深领域进军!

创 业 路 上

再说基地的工作不单单种植蘑菇这么简单,曹爱珠要处理的还有很多事情。她不仅要和工友们一起采摘蘑菇、清理菇棚,还要参加农产品展览会,甚至还要自己跑运输搞营销。有时出去销售一个晚上不能合眼,因为市场都在半夜到早上上市交易。

就这样,曹爱珠白天要面对各种各样的人,处理各种各样的事。当然她毕竟也是一个 40 岁出头的女人了,记忆力差了,有时感到心有余而力不足,感觉真的是很累很累了。只有到了晚上,在夜深人静的时候,才默默地在被中流泪,把对丈夫的怀念倾注在眼泪中。但是她又总是时刻地提醒自己:“我还没有做得最好,还有很多不懂的东西,我一定要继续做下去。别人能做的事,我为何不能做? 男人能做的事,女人也行!”

正因为在爱珠的奋斗中,有了一个明确的目标;在她的理想中,有了一个坚定的信念。所以当她一投入到蘑菇产销的这个领域,随着她越来越从了解到熟知这个行业,在她的思维中就得出,要做大做强这个产业,一定要打破常规。一方面要开发新产品,做到在市场上一年四季有自己生产的菇类,又要不断丰富人们的口味;另一方面,要想占领市场,必须抱团组合,才能提升自己的竞争能力。

　　爱珠丈夫在出事前就曾率先搞起了珍稀菇种植,而且种植的15万平方尺蘑菇全部采用国内最新的品种,并依托江、浙、沪农科院、市食用菌公司等科技部门,引进蘑菇栽培"三新"技术,应用新型蒸汽发生器进行加温二次后发酵,妥善解决了因明火加温菇房缺氧造成人员伤亡的后果。其中有8个蘑菇棚,全部采用新型高强度无机复合耐火材料作支架,用塑料隔热板、高保温无滴长寿膜和长寿反光膜替代原始的稻草材料,达到菇棚内人为调控温湿度的效应。这在平湖的蘑菇种植中是很少见的。

　　尽管有了这个基础,可要保持并不断向前发展,仍需要爱珠付出大量的心血和辛勤的劳动。于是,曹爱珠大胆尝试新菇种的试种、推广,并探索新菇种的规模化种植。今年,爱珠那17万袋珍希菇一上市,就以每公斤售价9元的高价被市场接受。这季共产出珍稀菇800吨,产值达56万元。她在经

历了种种的艰辛与劳累后,终于换来了喜人的成效。这不但保持了"雪蕾牌"在省农博会上荣获过金奖的荣誉,并在江、浙、沪一带更提升了"雪蕾牌"的知名度。又如杏鲍菇是一种名贵的珍稀食用菌,肉肥味美,具有杏仁香味,口感极好,是一种市场前景极好的珍希美味的菌类蔬菜,可称得上是高档的保健食品,被誉为"菇中之王"。她也进行了小规模的试种,有望可进行规模化生产。

　　爱珠在得到同行行家帮助的同时,也力所能及地帮助缺乏技术和营销经验的姐妹们,与她们携手同进,共同撑起蘑菇产业的一方天空。2007年,刚来新埭南阳村的新居民肖艳华,种植7万平方尺蘑菇。当她碰到种植、营销上的困难时,总是向爱珠请教,爱珠就及时上门帮助技术指导,使肖艳华在蘑菇种植技术上大有长进,第一年就取得了可观的经济效益。还有黄姑镇种植12万平方尺蘑菇的沈丽玉,由于市场信息不灵,蘑菇经常滞销。爱珠在上海有一个销售批发点,了解市场信息比较便捷。爱珠就和她们每天电话联系,互通信息,一起装车运往上海经营市场销售。这样也使她们卖个好价钱,使她们也创出了蘑菇种植销售的成功之路。曹爱珠为了帮助她们,常与她们联系的电话费在千元以上,但她从不计较。她说:"团结、联营,大家才能共同占领市场,得到一个好的收益。"

　　为此,曹爱珠在组织上的关心、帮助和自己的努力下,也赢得了许多的荣誉:"茶树菇栽培实用技术研究与示范"项目,获得了2007年由平湖市委、市人民政府颁发的"金桥工程"优秀项目三等奖。她本人被评为嘉兴市"十佳优秀创业女性"、平湖市"十佳巾帼创业明星"、新埭镇"十佳女能手"等称号。浙江省科学技术协会授予她为"省农村科技示范户"，嘉兴市人民政府授予"农村科技示范户"等。雪花产业园还被命名为全国供销合作社农业标准化示范基地、浙江省农业科学院园艺研究所科技示范园。2008年，在镇农技站的牵头下，爱珠又立项申报了"杏鲍菇高温降温自动喷淋"科技项目。

向科技要效益

为了让蘑菇产业有更广阔的发展前景，就必须向科技要效益。在实践中，曹爱珠越来越感觉到自己知识的不足。譬如引种、原种的扩管等，都是一些技术含量较高的事情，她就积极招聘专业性科技人才。科技人员的聘用，很快使菌孢成品率从原来的90％提升到了95％。这样不但使她产出了可观的经济效益，而且她还能腾出时间，去做其他的事情。

就在6月9日—19日，曹爱珠在市妇联的联系下，去北京农家女学校参加了为期10天的"日本利民工程项目，全国农村妇女参与市场经营培训班"的学习。培训班上，爱珠与来自16个省的79位同学一起，学习了农业新政与农民参与市场经营、食品安全管理与农产品认证、农村环境保护与农业转产、合作社基础知识、国内形势与国外形势的比较等有知名专家、教授讲授的课程。为期10天的培训学习，使她受益匪浅。

6月24日至26日,爱珠又参加了全省蘑菇及秀珍菇、杏鲍菇优质高效栽培技术培训中心的学习。3天时间的学习交流,使她认识了许多同行,学到了许多种植食用菌方面的知识和技术,特别是病虫害的防治、珍稀菇的生长习性等。这样的学习,使她了解了外面精彩的世界,开阔了眼界。曹爱珠就这样,在市、镇妇联领导的关心下,在技术部门的指导下,正加倍地努力,孜孜不倦地学习、充电,不断用现代的科技知识武装自己,向科技要效益。

有句话说得好:不经历风雨,何以能见彩虹?曹爱珠通过2年多的摔打磨练,终于从一个普普通通的农家女,成长为一个有理想、有胆识,又敢于拼搏而自强不息的女强人。

让我们一起为她祝福:祝她在创业的道路上越走越宽广,事业越来越兴旺发达!

（此文写于2008年,2009年在嘉兴市"中国移动杯"女性创业故事征文比赛中,被嘉兴市妇女联合会评为"最具感染力女性创业故事"）

从游记到小说

陆扬烈

褚亚芳伉俪约她的好友曹氏夫妇去游览海南岛三亚。

她被从未体会过的南国海景触动创作激情,构思出一篇游记,向我征求意见。

我坦率说,你要写的这些景物和见闻,已被不少人写过。没有你独有的特色,是吸引不住读者的。她就决定放弃。

我说,不是放弃,而是改写成小说。因为,只有用小说才能展开、发挥你已掌握的有关资源。

曹女士是个农业企业家,一位女强人,也是褚亚芳的采访对象。

这位女强人最让人钦佩的是,当夫妻俩事业正红火时,当家人因飞来车祸身亡。至亲们善心劝导处于从属地位的曹内当家,卖掉基地带着幼小的女儿,找个好对象,好日子定能继续下去。

曹女士是个有主见的人,一是对丈夫的情爱一时难舍;二是女儿小学未毕业,还不懂事,不知能不能接受陌生的继父;三是还担心自己带个孩子,对方也有个孩子,如此结合组合新家,能保幸福?

坚强的曹女士决定把丈夫留给自己的农业基地,拼上命也要撑下去!

事在人为,成功不负苦心人,更会奖励不畏艰难勇于奋斗的人。她的"平湖雪花产业园"食用菌生产基地发展迅速,随着改革开放大潮,展现出前所未有的辉煌,夺得了"雪蕾牌"获省农博会金奖的荣誉。

褚亚芳怀着敬佩之心采访她,写成的纪实文学《风雨过后现彩虹》一文,被嘉兴市妇女联合会评为"最具感染力女性创业故事"。

褚、曹自然而然成为不是一般内涵的跨行业的闺蜜。曹的女儿已进入中学。有位已较全面了解曹女士的公立医院医生,暗自爱上了她。有月老把彩球抛给曹女士,她不放心,要求知友去打听底细。喜事好成总有机巧,原来褚亚芳的先生和被调查对象是早已相识的同行!

愉快的三亚之旅,只是两家四口频繁欢聚中游得最远的一次。

就是这一次,褚亚芳在海外中文报首次投稿,被迅速刊登的小说《天涯情》。

小说的原则:立意鲜明,以塑造的人物形象来完成主题思想。这就必须进行合理想像,用虚拟手段编织情节,用精巧的细节丰满人物形象,结构好故事。所以,所有的人物都不能用真名。但可用真名的谐音字。如:曹女士改姓赵名秀涯,男主角是位牙科医生职业不变,但改姓了耿名天勇。作者自己也由褚改姓朱了,等等。

这次游三亚,安排成相亲。这是小说《天涯情》的主体情节。

这样,必须拉来的家乡特产金石豆,还和虚构的牙痛突发,及原有的逛夜市买榴莲加山竹,合在一起,使女主角对陌生的男主角,有了信任和不寻常的好感。再把生活里的农业企业家曹女士改行当中学教师,和朱岚是同学又是同事,再加上有表姑嫂这层亲戚关系,而且还是朱岚的月老,她俩成为闺蜜就更可信了。当年的月老如今转身成为"被新娘"的红娘,使人物关系有趣亲切,并可多做些文章。更重要的是,曹女士得知耿医生和自己一样,深深记着亡故的情侣临终唯一的嘱咐:"为女儿找一个爱她的妈妈(爸爸)。"因而两人都找了六年,未娶未嫁。至此,作者仍觉不够,又安排耿家小兰兰和赵家小玲玲在小学时就是要好同窗,进入中学又同是班主任赵老师疼爱的好学生。兰兰常到玲玲家去玩,一起做功

课。那时,她见到玲玲的妈妈,总礼貌地鞠个躬,说声:"阿姨好!"进入中学后,改口:"老师好!"

即将成为新娘的赵秀涯,相信这个和女儿玲玲一样懂事可爱的兰兰,很快又会改口,和玲玲一样叫自己"妈妈!"

祖国大陆最南端的景点最负盛名的"天涯海角"天然碑文,作者请它作为"天"勇和秀"涯"的订婚见证:这对未婚夫妻被作者送上骆驼背,景点专业摄影师为他俩留下照片,背景只取"天涯"两个石刻大字。

"红娘"当即送份喜礼:"我要拿回去放大配个镜框,亲手挂在你俩的新房里。"

小说源于生活,必须高于生活。

生活真实,不等于艺术真实。

褚亚芳的游记转化成小说《天涯情》,正是这规则的实践产物。

绿　珠

褚亚芳

　　绿珠,是东方绿珠的小名,因为她复姓东方,连名带姓有四个字,熟悉的人嫌麻烦,就直接叫她名字,叫着叫着就习惯性地当成正式名字了。绿珠出身农村,家里有两个弟弟,两个妹妹,她排行老大。为了分担父母的重任,她连小学都没念完,就回家带领弟弟妹妹,稍大一点十多岁时就参加集体生产队劳动。一直到改革开放后,乡镇企业像雨后春笋一样遍地发展,绿珠就进了一家羽绒服装厂,当了车工。后经亲戚介绍,嫁了个回城的大龄知识青年。

　　绿珠一向体质比较弱,性格又属于那种内向型的,所以难得见她脸上有笑容。绿珠家离羽绒服装厂较远,开电瓶车上班,要四十多分钟才能到厂。服装厂车工的活真累,一个大车间上百台缝纫机一起运转,让人感觉噪音大眼花缭乱不说,大热天还没有空调,只有几只像蜻蜓似的吊扇在头顶上旋转,这种时候细细的羽绒就在车间里飘浮,让人心烦。工作是流水作业,计件制,工序一道赶一道,来不得一丁点的马虎。

今年五月绿珠终于熬到五十周岁退休了,可算是松口气,可以享享晚年的清福了。又恰好她家原来市中心的破旧老屋,因市政建设轮到拆迁,搬来这新建的如花园式的"文河雅苑"小区,住上了有电梯的高楼新房子。更有大学毕业后在上海安家的女儿乐淘淘,传来怀孕的喜信。这接二连三的喜事,使绿珠原本没有笑容的脸上,终于两个嘴角露出了一个弯弯的月牙,成天像个弥勒菩萨带着甜甜的微笑。老伴见绿珠舒心了,日子越过越舒坦,心里更是乐开了花,就跟老婆打趣地说:"我们家现在是万事俱备,只欠东风啦!"

"欠啥东风? 我可心满意足了。"

绿珠的老伴姓乐,叫乐笑天,他性如其姓,每天乐乐呵呵的,对人态度和蔼,谈笑风趣,即使难得心里有点烦恼的事,脸上也不会流露出来。他在学校时,就是文艺骨干,吹拉弹唱,兴趣广泛。中学毕业时正赶上知识青年上山下乡,乐笑天就响应国家号召,到农村广阔的天地里锻炼,和农民朋友打成一片,什么重活、累活他都抢着干,好像浑身有使不完的劲,吃苦耐劳练就了他一副身强力壮的好身板。回城后一开始,乐笑天是五金厂的一名技术工人,因为他工作积极,对人热情,人缘特好,后来经选举当上了厂里的工会主席。在工会主席这个位置上,一干就是几十年。平时他组织职工搞文体活动,解决职工福利待遇,处理一些矛盾纠纷等,任劳任怨工作出色,深受厂里干部职工的一致好评,是公认的具有"老黄牛"精神的干部。在小区里,街坊邻居无论谁家有啥困难,只要能办得到的,乐笑天也一定应诺,一包到底。所以年长的都昵称他"小乐子",同辈的爱称他"阿乐哥",晚辈的则尊称他"乐公公"。

这时,乐笑天正笑嘻嘻地瞅着老婆绿珠的脸,满面笑意:"这东风么就是,我们现在老了,退休在家。但心不能老,要有'老有所养,老有所依,老有所享,老有所为,老有所乐'这样一种全新的理念,要全身心地放松自己的心情,要敢于接受新生事物,陶冶自己的情操,我们要做一对健康幸福的老夫妻。"

乐笑天退休已一年,现在再加上老婆绿珠也退休,老房换成新房,女儿淘淘有喜,老夫妻将升级当外公、外婆,这三件喜事加在一起,全家确是很美满了。绿珠想想,老头子说得有道理,俗话说:"年轻时享福不算福,老来享福么真是福。"现在自己也退休了,老夫妻俩每月都有退休工资,又住上了新楼房,这么好的生活,真是睡梦中要笑出声来,是该享受以前想都不敢想的好日子了。

善于观察妻子脸色及心理的乐笑天,乘机说出自己在心里盘算已久的想法:"明天起,我们一起去跳广场舞吧!"

中国改革开放四十年,老百姓生活发生了翻天覆地的变化,物质生活满足了,就追求起精神方面的需求,注重起身体的健康来了。近年来,广场舞在全国各地风靡起来,无论是大城市、小城镇,就连最基层的农村、社区,也到处都有跳广场舞的人群。

在市古城墙西有个清澈巨大的湖,鱼虾蟹鳖应有尽有,是上天恩赐的聚宝盆。老祖宗为了感恩,取名叫"金湖"。这个市也就顺着湖名，叫"金湖市"了。

金湖市有九条河流流入城内，文河雅苑小区就在其中一条叫文河的河南岸，这条文河水面宽阔。市政府为了让居民有个散步娱乐的好场所，在城市土地紧张的情况下，拆掉了一批破旧的低矮老房，开辟了绿地、广场，还沿着文河两岸筑起了绿色的步道，使绿地、广场、步道和居民小区联结在一起。这里景色宜人，春天里桃红柳绿，夏天时荷叶田田，荷花摇曳，河里的喷泉变换喷洒着不同的图形，秋季时金桂飘香，冬季里苍松更劲。绿珠家就在广场的南岸，新楼后面就是绿色步道，从小区的后门出去，跨上文河大桥，桥的东西两侧都有广场。绿珠只要站在自家的后阳台上，就能一眼望到广场上跳舞的人群，还有绿道上来来往往散步的行人。

对岸跳广场舞的成员，基本上是那些五六十岁上了年纪的大妈，但她们一个个还宝刀不老，充满活力。其中也有一小部分是男性公民，他们的参加为广场舞增添了一道不一样的风景。随着人们思想观念的改变，在金湖市跳广场舞的人群随处可见，每支队伍一般都有个领舞者，这人会负责音响的充电，去搜寻跳舞的曲子，自己先学会后，再负责教大家每支曲子的跳法。绿珠刚退休时，一直不好意思参加，现在在老伴的提议下，也大胆地加入到跳广场舞的行列中，成了文河雅苑桥东侧广场上，舞队里一名最新的队员。

当初这里广场刚建好，一开始跳舞的人并不多，只有一位姓宋的退休小学体育老师。宋老师在腰上佩戴着一只袖珍式的小音响，绕着广场一个人兜圈子，做一些简单的伸手、扭腰等动作。后来有些胆子大一点的,就跟在他后面模仿着学,慢慢地跟着的人越来越多,就像小朋友玩老鹰捉小鸡,宋老师后面似有一条长长的尾巴。有人说,这种简单的广场舞,名叫佳木斯舞。

自从乐笑天加入这支队伍后,面貌大变,他从关帝庙专门买音响的市场上,买来了一只大功率的拉杆式音箱,选出最新潮、最流行的《中国风》《红动中国》《小苹果》等一大批乐曲。他这个曾经的工会主席自己先跟着视频学,学会后再一个动作一个动作地教给大家,等大家每一个动作都学会后,再跟着音乐连起来跳。就这样跟着他跳舞的队伍越来越大,认识他的人也越来越多,"阿乐哥"的名声也越来越响,气氛也越来越融洽。乐笑天还给经常跳的舞伴们建立了微信群,有好的新曲子先在群里发,每个参加者各自在家先自学,到时在现场再一个个动作教,这样学起来就更快。

绿珠原来不爱社交,和邻居基本上没什么联系。现在她跟随老伴第一次来跳广场舞,就被好多舞友热情地围住,问长问短,欢迎她加入到舞队中来。她在惊讶惶恐之余,默默地想,这一定因为自己是阿乐哥这个领舞者的老婆,大家才跟自己这样客气和友善的吧。这可以看出,这个乐老头在大家心目中位置的分量了,自己是沾了老公的光了。绿珠第一次跳广场舞,开始时有点拘束,怕自己跳得不好,被人笑话。因她近水楼台先得月,在家里有老公乐笑天亲自传授,早已学会了常跳的曲子,所以到广场上一跳,就能合着音乐和大家步调一致了。她边跳边观察旁边人的舞姿,自己与大家也不相上下,所以也就放大胆子,放松心情,全身心地投入到舞曲的旋律中。一场舞跳下来,绿珠已大汗淋漓,跟着音乐旋转起舞的那种感觉,使她浑身轻松自如,又无比惬意欢畅,她对这广场舞有了从未有过的好感。

绿珠的退休生活不单有广场舞的欣喜,她每天早饭后,和老伴双双笃悠悠去菜场,买自己喜欢吃的菜,回家两人配合着洗洗切切,烧炒时互当上下手。每天午睡起来,乐笑天泡上一壶龙井茶,选绿珠爱看的轻喜剧,边品茶,边陪着看上两集,晚饭后去广场跳舞。这样的日子,真是赛似神仙过的日子,跟退休前真是天壤之别啊!

乐笑天虽比绿珠年长九岁,但仍身强力壮,充满朝气和年轻的活力,丝毫没有六十岁出头人的那种老相。绿珠自跳广场舞以来,也仿佛越活越年轻,走起路来脚步轻盈。老公对她这样体贴入微,恩爱有加,她感觉生活像掉进了蜜罐里,特别是夫妻生活,仿佛又找回了年轻时那种美妙的感觉……这真是自己的福气啊!

快乐的日子过得轻松舒心,绿珠对广场舞的兴趣也在与时俱进。春去夏来,这年的夏季,比哪年都凉爽。秋天来得早,气温下降速度快,大家都感觉有点特别。正是秋风秋雨愁煞人时,绿珠时常无缘无故会满头大汗,一阵过后又恢复正常。最近,发作的次数越来越频繁,让她胸闷气急,随之胃里冒出酸水,伴随着一阵阵恶心,更有耳朵嗡嗡鸣响,耳鼓隐隐作痛。整夜翻来覆去睡不好觉,到白天就有点神志恍惚,这可是从来没有过的症状啊。绿珠想:这下完了,一定是得了什么怪病了。乐笑天安慰着老婆,让她不要害怕,有病我们去医院看医生。

乐笑天把广场舞的辅导和舞曲播放的活,委抚给宋老师,自己全身心地陪伴老婆去医院看病。先挂内科,量血压,做尿检,超肝胆,拍X光片,再空腹抽血查测血糖指标、胆固醇、血脂……等等。就如同做了一次全面的体检,还预约做了胃镜。

一番折腾下来,查明主要器官基本上没啥大问题。就血压处在临界点,胆固醇略偏高,医生让注意饮食要清淡少盐,多吃新鲜水果蔬菜和菌菇类食物。医生还给配了维生素C、D和钙片。

可绿珠一段时间吃下来,身体状况还是没有好转。

"明天……"绿珠有点躲闪似地说,"我自己去医院。"

"哪为啥?"老公乐笑天不解其意地问。

"我、我挂妇科。"

"那我在医院大厅等你。"乐笑天心里好笑,都老夫老妻了,还讲究这种面子。他想,老婆这个年纪,总不会和女儿一样有喜吧。

乐老头哪会想到,问题会有那样严重……

当班医生是位经验丰富的妇科老专家,她详细地询问绿珠的病情后,又引进内室作检查,还问及年龄和夫妻生活。诊断结果是:这是更年期综合症的反映,一定要做好自我保养。

绿珠牢记住老专家说的第二句话,自我理解首先要中断夫妻生活，其次是停止跳广场舞，一定要在家里"做好自我静养"。当晚，她把医生的嘱咐和自己的决定，郑重地告诉老公。乐笑天点下头，让绿珠根据医生的嘱咐，好好休息静养，不要担心。

绿珠不再去跳广场舞，引起舞友们的真情关注。住在同一楼的胡大妈，安排好每天有人来问候。有的舞友还带上自制的小点心来，有的让乐笑天带回家送给绿珠。绿珠深受感动，仔细想来，这显然是出于对自己老公为广场舞服务的答谢吧，心里也就坦然了许多。

绿珠遵医嘱按时定量服药，时时注意自我静养。可症状并无大的好转，特别是耳鸣，每到夜深人静时更加严重，引起失眠加重。再去看医生，老专家已退休，接诊的医生说，各人情况不同，更年期也有长有短。问及职业后，说耳鸣有可能是职业病在更年期的表现，建议绿珠去职业病专科医院作进一步的诊断。

全市职业病专科医院只有一家，那医院在郊区，物以稀为贵，挂上号可不是件容易的事。为了减少绿珠在路上来去的劳顿和辛苦，乐笑天安排一天时间，先去了解有关情况。到那医院一了解，才知道主要是治疗矽肺、呼吸道、眼视力等职业病症，就是没有职业噪音造成的耳鸣症。

乐笑天回到家里，跟绿珠一说。绿珠暗暗想，我这到底是怎么了，刚过上几天舒坦的日子，身体就出了这样的状况，我的命怎么就这么苦呢！她就东想西想，也就更心烦意乱，脾气也暴躁起来。把一些在常人眼里看来本来很正常的事，到了她眼里,好像戴上了有色眼镜,都成不正常的了⋯⋯

　　养病,让一个人真的在家静养,其实也是件非常无聊和寂寞的事。绿珠为了养病,不再去热闹的广场跳舞,所以时不时地感觉很无聊和寂寞,有时也免不了总惦念着那热气腾腾的广场。她就常站在后面的阳台上眺望,隐约能看到广场上跳舞的人群,也能听到隐隐传来广场上人们的欢笑声。精神较好时,她便忍不住下楼一会儿,尽可能避开邻居,绕到广场一侧,躲在树丛后面观看。

　　乐笑天总是一副精神包满干劲十足的神态,他站在前排,带头跟着乐曲变换着各种舞姿。在绿珠的眼里看来,老头子虽上了年纪,因身体没有发福,他的体形仍跟年轻时一样挺拔,跳起舞来还是那样的轻松自如,神态自若,舞姿优美。因为额头上冒出些微汗,在灯光的照射下,看上去满脸红光,神采奕奕。再配上他身穿着海蓝色带两条雪白长条的运动装,更显得生气勃勃,年富力壮,哪像是已满花甲的老头呀!绿珠看得心里喜滋滋的。可他看到旁边的女舞伴们花枝招展尽情起舞时,她的心里突然滋生出一种莫名的滋味。

　　到舞间休息时,立即有不少大妈亲热地围住乐笑天,争着和他说话。"阿乐哥,我家煤气灶打不着火啦,什么时候来帮我看看呀?"

　　"阿乐哥啊!我家是水龙头关不紧滴水啦,麻烦您也来帮帮忙吧!"

　　"阿乐哥,我家绞链板松了,橱门要掉下来啦!"

　　⋯⋯

这些生活中的烦心事,乐笑天一贯学雷锋见行动。能办到的,二话不说立马替人解难,绿珠也一直相当支持。可现在这些话语,传到躲藏在不远处树丛后绿珠的耳朵时,她突然感觉很刺耳,特别是这些同辈大妈对老头子的那股亲热劲,更使她感到浑身不舒服。嗨!尤其是那个叫"川妹子"的女人。

这小区的居民,说话带四川口音的极少,这个川妹子的四川味普通话真是重到家去了。一次,绿珠到川妹子打工的点心店去吃面。这位川妹子迎面就问:"吃抄手,还是吃面?"

绿珠不知道她说的"抄手"是什么东西,问及原来是指"馄饨"。绿珠说:"吃面。"那个川妹子就直起嗓门大叫"要得!要得!"冷不丁让绿珠受了一惊。绿珠吃好了问她:"面几钿?"

这川妹子倒好,指着墙壁上挂的那个钟说:"现几点,你自己看好了,钟在墙上挂着。"接着又直着嗓门怪里怪气地问:"要玻璃茶吗?"

绿珠想,要玻璃干吗?玻璃能吃吗?!原来川妹子把白开水说成了"玻璃茶"。绿珠以为是玻璃,自此,绿珠对这位川妹子就有点反感。

说实在的,绿珠对川妹子特别反感,不只是那些听不懂的川味话。其实川妹子看阿乐哥的眼神,才是引起绿珠心神不宁的导火索。绿珠看她穿着时尚却不抢眼,风度清雅,虽只比自己小一岁,但看起来至少相差五六岁呢。还听人说,这川妹子还烧得一手川味菜肴,特别拿手做红椒四川泡菜。

前段时间,她就做了一大罐红椒泡菜,分赠给左邻右居,获得极大的好评。而且川妹子送给绿珠的是双份,另一份当然是给阿乐哥的。没想到的是,乐老头对这从未尝过的四川泡菜,胃口大开,还大加赞赏:"好吃,真好吃!"喜欢得像拾到宝贝似的。

绿珠自从得病以来,一想到这川妹子,就产生一种莫名不安的感觉。她特别是想到,这川妹子单身一人三年多来,儿子在深圳已成家立业,她去探过三次亲,但从没听说她要搬迁过去。就去年经人介绍,和一个本地的退休工人谈过对象,可最近已不再来往。难道她是看上……可她倒从不要乐老头帮点什么小忙,大家也都知道,乐老头也没去过她家。这是不是……故意做作,打幌子呢。谁知道他俩心里在想什么,哪个能保证,这老头子会不会避开众人溜进她家呢!

绿珠越想越不安,尤其是她生病,中断了夫妻生活,这鬼老头仍身强力壮,精力旺盛,那川妹子一见他就满面笑意,热情得不得了。绿珠还感觉到她看着鬼老头的目光里,还、还流露出单身女人对中意男人那种特有的,那种……俗话说,干柴烈火,稍一不慎……要真有这种事,哼!对这鬼老头什么事都可原谅、容耐,唯独这事绝对不行,万万不行!

没有证据,怎可定罪?绿珠无可奈何,思绪更乱更糟,病情更加严重。绿珠没有别的办法,只有时刻警惕,牢牢看管住那个鬼老头,整天弄得自己神魂颠倒,鸡犬不宁。

乐老头早意识到老婆的这种疑心病,做事总是提心吊胆的,生怕一不小心,惹绿珠脾气像火山样爆发,所以每当他接电话和打电话时,必坐在绿珠听得见的地方。更不会单独上街买菜或买必要的日用品。但他小心懂慎认真做事,发现老婆疑神疑鬼类似于"神经质"的病情不但没有好转,反而仍在加重。他早就想建议陪她到上海大医院去诊治,但又不敢随便提出,他知道患这种症状的人,是极忌讳别人要自己去治这种病的!

对两老的健康状况,乐老头对女儿向来是报喜不报忧,这天乐老头终于忍不住了,趁老婆在卫生间淋浴的机会,他给女儿悄悄挂了个长途电话,实话实说了。乐淘淘听了大吃一惊,正要说什么,乐老头听到淋浴水笼头的水声停了,忙把电话挂掉。他相信已是部门副主管的女儿,一定会有好办法,帮助解决的。

果然,第二天一早,乐淘淘打电话来,指明要让老妈听电话。绿珠接过电话筒,正要问女儿的胎气什么的可好。已传来女儿的惊呼声:"妈呀,你快来,快来呀!我怕死啦!"

做妈的吓得心惊肉跳,急问:"别怕别怕,有妈在!阿囡阿囡快快告诉妈,出啥大事体啦?"

乐老头心中有数,老太婆急得叫出女儿"阿囡"的小名了,真的是吓着她了,但愿把她自己的"神经病"吓掉才好哩!

"妈啊,我昨天突然肚子痛,欧阳杰吓坏了,陪我去看急诊。医生说,我的预产期要提前。妈啊,你和老爸快来,快来呀!"

老妈绿珠吓得喘出口大气。我当是什么大事体,预产期提前,有什么可怕的。你不就是在原来的预产期前,提前二十天,急着就出世的嘛！真是有其娘必有其囡。不过,能提前去看护女儿,总是件开心的事。老妈正要安慰女儿,老爸突然抢过话筒,打趣地说:"部门副主管女士,请安心。你老爸等会就在网上预订乘高铁的车票。我们收拾好东西,马上出发。"他极力想把气氛弄得轻松一点,"一切费用从你那里实报实销啦！"

就这样,绿珠和乐笑天在女儿预产期前,提前一个多月到了上海。

令乐老头也没想到的是,当他老俩口带着行李出站时,迎面来接站的不但有女儿女婿,还有亲家母欧阳老太。原来,从武汉来的高铁早他们一小时到站了。

亲家母欧阳老太退休前是武汉大学附属中医院的一名中医师,对才会面过一次的(病人)绿珠,就更加的关怀热情。她抢先伸出双手,紧紧握住亲家母绿珠的手,问好之后,还出乎意外竟道歉地对绿珠说:"真不好意思,杰杰他爸本来说好,一定要在产院迎接小孙孙出生的,可学校领导要他去西安参加一个研究会,就来不了。"小外孙的祖父是大学里的一名教授,明年也到了退休年龄。

乐笑天忙接过话说:"祖父有事来不了,有外公在嘛！"

绿珠心里是喜悦的,也忙说:"工作重要,工作重要。"看到女儿的气色和精神都很好,自己悬着的心就放了下来。

乐老头心里明白,女儿女婿和亲家是"串通"好的,都在假戏真做。果然,女儿胎位正常,精神也不错,其实什么问题都没有。主要问题,是设计让外婆来上海治病。

一大家人回到家里,乐老头主动要求睡书房的长沙发,和女婿欧阳杰一起在另一间房里安置两张单人床,权作祖母和外婆的住房。住的问题妥善解决了。乐老头当仁不让地表态:"全家的买汰烧,有我外公承包了!"

乐淘淘在全家的笑声中说:"我从小就喜欢吃老爸烧的菜。"说着摸摸大肚子:"我家宝宝还没出生,就可尝到外公的手艺啦。"气氛更欢乐融洽了。乐淘淘转身搂住老妈的肩膀,"阿妈,你什么事都不要管,有妈妈陪你好好检查一下身体。"为分得清些,她把婆婆称作"妈妈"。

绿珠就遵照女儿的安排,和亲家母同进同出,形影不离,何况两人都怀着首次做外婆和奶奶的喜悦心情,感情一天比一天亲热。欧阳老太陪着绿珠一起上医院,绿珠对自己的病情,向亲家母毫无保留和盘托出,包括对川妹子的怀疑。一连串的检查结果都属正常,富有经验的欧阳老中医,悄悄对儿媳说:"外婆是患有轻度忧郁症。也许换个环境,也就换一种心情,应该慢慢会好起来的。"

女儿和老爸对这结论并不感到意外,可怎么才能帮老妈早日治好这种病呢。欧阳杰安慰妻子说:"我公司一个同事的姑妈,是位有点名气的心理医生,我先去联系一下,让她给岳母治治。"

心理医生是改革开放后的新兴职业,普通老百姓还不太了解。常把这类神经系统的病情,和医学上正名为"精神病"的病情连在一起,患者是很忌讳的,大都不肯去看什么"心理医生"。家里人怕绿珠多心,女儿和婆婆两人就暗中商量出个好办法,乐淘淘声称自己因快到预产期了,有点心神不宁,夜晚常常失眠,第二天常头痛,又有点精神焦躁。中医师婆婆要她去问问心理医生,看看怎么能及时治好,以有利宝宝的生长发育。于是,两位母亲陪同前往。那位心理医生因事先欧阳杰让同事打过招呼,心中明白。明为乐淘淘治疗,实际上巧妙地顺带似地给绿珠进行真正的治疗。之后,又连续治疗过二次,效果不错,绿珠感觉夜晚熟睡的时间多了,白天耳鸣声也少了,心情大有改善,精神为之一振。

一天夜晚,乐淘淘肚子疼痛,全家人急忙送她上医院。第二天中午,一大家盼等着的小天使降临了!是个大胖小子,把全家人乐得喜上眉梢。

在愉快的忙碌中,日子不知不觉快两个月了。爷爷从武汉赶来,一大家人齐了,一起给宝贝过双满月喜宴。在喜宴上,乐老头望着洋溢着幸福笑容的老婆,悄悄对女儿欣慰地说:"看,你老妈又回到原来的样子了!"乐淘淘看着母亲,脸色有了光泽,心情开朗起来了,就举起喝饮料的杯子向老妈祝福:"祝老妈身体健康!祝我们这个大家庭家和万事兴!"

绿珠也高兴地举起酒杯:"谢谢女儿!啊!真的呀,我的耳朵什么时候好了!我的病真的什么时候好了呢!谢谢我们的小宝贝,是我们的小宝贝给外婆带来了好运哪!"

一大家人都"哈哈哈"开心爽朗地笑了起来,连小宝贝也好像懂事似的,望着大家露出了甜蜜的笑容。

（本小说2019年2月15日发表于澳大利亚《大洋时报》）

湖上的婚礼

陆扬烈

乌克力回乡探亲的第五个夜晚，是个异常迷人的月圆之夜。

暗蓝色的长空，仿佛刚用乌苏里清澈的江水洗过。银河像天上的乌苏里江，横挂在深邃的天幕里。璀璨的群星，有如闪闪发亮的明珠宝石，镶满了它的两岸无边的大地。依稀可望的神秘的比婀（嫦娥）神，在明月里的玉桂树下喂她的小白兔。

青色的月光水银一般地泻在水星子湖上。

水星子湖把这天上的夜景，如实地摄映在自己平如镜面的湖面上，致使这天上和人间笼罩着一层梦幻般轻柔美妙的气氛。

白天时候，年轻人把村里所有的渔船，甩肩膀一条条扛过拦河堤坝。每条船都洗涮一新，船头船尾、船舱船舷，都挂起各种鱼形的灯、各种鸟形的灯、各种花形的灯。

现在，每盏灯里的鱼油都已被点燃。

一列灯的船队，载着新婚夫妇和年轻的贺客们，开始在湖上进行白天未结束的婚礼。

新娘葛湖莎,披上扎着南雁绣的有白天鹅和鲜红太子花的天蓝色尼龙头巾。耳鬓插一根洁白的天鹅翎毛。天蓝色的绣花长袖衬衫外面,罩着一件金黄色的鱼皮无袖短褂。

包括南雁在内,所有的贺客们也全都穿着自己的民族服装。只有新郎尤波龙一个人,身穿乌克力送给他的雪白海军军官上装。他头戴一顶插有洁白天鹅翎毛的崭新桦皮巾。

新郎和新娘胸前都挂着一朵手掌大、红似火焰的绢制太子香。

新婚夫妇并肩坐在第二条三叶板子的中舱里。他们背后,坐着伴娘乌琴娜和南雁,伴郎乌克力和傅阿真。按照赫哲族的风俗习惯,伴娘和伴郎,都由新娘和新郎最要好的朋友担任。

伴娘和伴郎同坐在一块横板上。因此中间的南雁和乌克力,反而比新婚夫妇还紧地挨在一起。

故乡的白桦林,在清凉的晚风中,传来低语般的"沙沙"声响,各种各样的水鸟在看不见的地方此起彼落发出祝贺的鸣叫声。

悠悠的水星子湖上,响起姑娘们箜康吉(赫哲口衔琴)醉人的齐奏声。

长长的木棹,无声地划乱了水里的群星。被轻轻荡起的微波跳跃着数不清的水星子。

"啊朗!"伴郎乌克力一声响亮的叫板,动听地唱起了喜歌:

赫拉赫尼娜来……
美丽的月色笼罩在
水星子湖上，
水里的群星在
微波里轻轻荡漾，
祝福我们亲爱的童年伙伴，
让我们把幸福的喜歌高唱！

"喀！"每条船上都响起喜悦的呼应：

赫尼娜，赫尼娜，
祝福我们亲爱的童年伙伴，
让我们把幸福的喜歌高唱！

南雁也纵情地唱和着，虽然她不是和大家从小就在一起，但她的心早已溶入了这亲密的集体。

"啊朗！"伴娘乌琴娜代表女方一声叫板，唱道：

赫拉赫尼娜来……
故乡的白桦林在
微风中沙沙响，
水星子湖上的群鸟
也在欢欣歌唱，
祝福我们亲爱的童年伙伴，

相亲相爱互敬互助万年长！

"喀！"大家动情应和着唱道：

赫尼娜，赫尼娜，
赫拉尼娜赫尼娜！
祝福我们亲爱的童年伙伴，
······

南雁不知怎地左臂动了一下，无意中惊动了紧挨在她左面的乌克力。乌克力侧过头朝她看看，南雁朝他一笑，乌克力也朝她笑笑。这时正好大家在唱：

相亲相爱互敬互助万年长！

南雁的脸一红，忙把头低下。乌克力快乐无比，清清嗓子忘情地和乌琴娜齐声唱起：

赫拉赫尼拉来······
天鹅成对鱼成双，
织网姑娘配给打渔郎！
肩上背起冲锋枪，
双手撒开千张网。
收起网儿鱼满舱，
握紧钢枪守边疆！

"喀!"大家应和的歌声,也随着激昂起来了:

赫尼娜,赫尼娜,

赫拉尼娜赫尼娜!

肩上背起冲锋枪,

双手撒开千张网。

收起网儿鱼满舱,

握紧钢枪守边疆!

乌克力紧接着又唱道:

啊唧!

龙波龙啊我们的好队长,

你的枪口有块吸人钢!

新婚不能放松手中枪,

别忘世上还有吃人狼!

"喀!"大家都激动起来,个个挺起胸,高声合唱起来……

又轮到女方代表的领唱了。

"啊朗!"乌琴娜的歌声中,出现了一种俏皮、风趣的

情绪:

湖莎湖莎勤劳美丽的好姑娘,

你的心像天鹅一样善良,

尤波龙如要对你耍威风，

快快跑来对我们大家讲！

"喀！"这应声伴着一阵哄笑声，一起在湖面上响起，大家都活跃起来，快活地应和着唱起来……

葛湖莎羞得满面通红，低着头抬不起来。

乌克力又悄悄地瞟了身旁的南雁一眼，南雁虽没有转过脸，但她似乎感觉到乌克力在看她，不禁也低下了头。大家应和唱完，干脆纵情大笑起来。

前面一条船上，一个已婚的女民兵转过身来，冲着尤波龙大声说："尤波龙，你听见没有？你要是犯了这方面的错误，你就是当上大队长也救不了你的呀。"

各条船上又飞起快活的哄笑声。

在这融洽友爱的笑声中，是迎亲又是送亲的提灯船队，向静静地屹立在月光下的水星子峰滑去。

船队向前远去了，歌声仍留在被掀动的微波里。

现在是新娘和新郎同大家一起唱着：

乌苏里江流水长又长，

水里星子在她身旁放光芒，

这里是赫哲心爱的故乡，

哺育我们的亲婀娘！

天上的星星围着月亮，

地上的嫩卡（葵花）向着太阳，

跳出地狱的赫哲家呵，

永远步步跟着共产党！

警惕的眼睛监视那些野心狼，

童年的伙伴在战斗中成长，

我们的岗位在祖国的边疆，

我们的青春像烈火闪闪亮！

……

……

快近夜半时光，提灯船队回到堤坝下面。年轻人尽兴归来了。

大家把船上的灯提在手里，簇拥着新娘和新郎，穿过村外的白桦林，向新婚夫妇的新居走去。

南雁和乌琴娜左右搂着新娘。在新婚夫妇家屋前，南雁和葛湖莎相互亲吻面颊，南雁乘机在她耳边轻声祝福："愿你永远永远幸福，亲爱的湖莎！"

"亲爱的朵娜，愿你同样幸福！"葛湖莎说着瞅了瞅正在和新郎告别的乌克力。南雁在她的手臂上轻轻拧了一下。

她们这场小小的斗争，连乌琴娜也没发觉。

和新婚夫妇告别后，年轻人又相互道别，各自走向自己的家门。

南雁和乌克力并肩走向他们的家院。

静静的村中小路，洒满银色的月光。两旁的白桦林带下，落满被枝叶弄碎了的月光，好像铺在树荫下的一条看得见碰不着的透明花毯。闪烁着点点蓝光的萤火虫,在这花毯上飞舞着,使南雁产生一种梦幻的感觉。

"听说,"耳边响起乌克力的声音,南雁侧过脸,正迎着他柔和的充满关怀的目光,"你还没有看见过我们乌苏里的森林巨人。"

"森林巨人是什么?"南雁很有兴趣地问。

"最大的树。"乌克力把手高高举起比划,"有你们上海的国际饭店一般高哩。"

"这么高啊!"南雁惊呼着。

乌克力说:"明天,我陪你去看。"他用目光征求她的意见。

南雁高兴地点着头。

"要骑马去的。"乌克力望着她,说,"我知道,你已学会骑马了。"

南雁心里喜滋滋的。这个乌克力,人在万里之外,对她在水里星子的一举一动,了解得可真是细。

他们的家院大门到了。

乌克力跨前一步,推开院门。躺在屋门前的阿姆巴,一见他们,就奔过来起劲地摇着尾巴,从南雁脚边绕到乌克力脚边,再绕到南雁脚边,用身子撒娇地擦着南雁的裤脚管,从喉咙里发出"呜呜"的声音。

南雁因为心情愉快,对阿姆巴亲热的献殷勤,就格外有好感。她弯下腰,摸摸狗头。忽然想起口袋里还有湖莎硬塞进去的奶油糖,就伸手摸出两颗,撕开糖纸,喂给阿姆巴吃。

"嗨,"乌克力在一旁笑着轻声说,"它对你,比对我还亲哩。"

南雁又摸出两颗奶油糖,塞在乌克力手里,笑着说:"给你去喂。"

乌克力把糖塞进自己口袋:"不能让它一下子吃得这么多,会吃娇的!"

南雁瞅他一眼:"那你自己吃。"说着又笑起来。

他们走到屋门前,见屋里的灯已熄了,乌克力就把门轻手轻脚地推开,又轻声地对南雁说:"你快去休息吧。"

南雁一条腿已跨过门槛,把脚收了回来。她转过身子,不解地望着乌克力:"你还要去哪里?"

乌克力整了整上衣:"下半夜,我去代尤波龙值班。"

"唔",南雁感动地说,"那你吃点东西再去。"

乌克力笑了一下:"今晚又是酒又是菜,都吃到齐脖子啦。"

"那……"南雁想着,把手伸进口袋,把湖莎硬塞给她的奶油糖,全部摸出来,"都给你!"

乌克力没有来接。她就硬给他塞在口袋里。

乌克力朝她笑笑,低声说:"你进屋吧。你把门关好,我再走!"

南雁动情地看了他一眼,正要进屋,忽然想到了那个爱米神护身符。她摸出护身符,捏在手心里,把手伸了出来:"这个,还给你。"

"什么东西?"

南雁把手指展开,爱米神在她手心里反耀着月光。她低声说:"我第一次去天鹅岛,河林婀娘硬要我带在身上。后来,又硬不肯收回去。我,"她说着,又看了乌克力一眼,"我只好一直替你保管着。"

乌克力笑笑:"婀娘,她呀!"

南雁不满意乌克力这种口气,说:"尽管我们不信鬼神,对老年人这种纯朴的感情,总是应该珍惜的!"

"朵娜!"乌克力被她的话打动了,"你真是个善良的好姑娘。"

南雁的脸红了一下,柔声说:"快把它拿回去吧。"

乌克力还是不接,十分挚诚地说:"既然是婀娘真心诚意给你了,那你就藏着。"

南雁只得把手收回去。她想了一想,又把手伸出去:"克力,我想,今晚上,你还是带着它。"

乌克力望着她。他从她深情的目光中,看到一种已超越同志和朋友的那种特殊的关怀。乌克力心头涌起一股从未有过的青春的激情。

乌克力把手伸过去,把手心摊开。他说:"好,我带着它。我替你保管到明天太阳升起的时候。"

南雁把握着爱米神的手,放在他的手掌上,把指头轻轻松开。

这时,有一团云荡过,把月亮暂时遮严了。院子里瞬时间暗了下来。

乌克力突然把南雁的手紧紧握住,朝后轻轻一带。南雁没有防备,整个身子被拉了过去。乌克力伸开有力的双臂,把她紧紧抱住。

他们脸对着脸,都看到对方明亮的眼睛里,燃烧着青春炽热的火焰。

"朵娜!"乌克力低声呼唤了一声。这听来微弱的呼声,使南雁的整个身心为之震荡。

她微微地闭上覆盖着长长睫毛的眼睛,接受着乌克力有点心慌意乱的初吻……

突然,耀眼的电光在他们眼前一闪,院子一下子被照得如同白昼一般。

南雁慌忙把乌克力推开。乌克力也吃惊地抬起头。

原来是一颗巨大的流星,在长空划过,拖着明亮的长长的尾巴,向北飞去。刹那间,流星碎裂,变成无数细小的火花,像一朵耀眼的礼花,在星海里消逝了。

那团云,也荡离月亮了。院子又沐浴在银色的月光里……

"这是爱米神的祝福!"

她和他,在心里回响起同一个心声。

（此文摘录于作者休笔长篇知青小说《赫哲雁》）

青 春 曲

陆扬烈

    灿烂的群星,簇拥着皎洁的满月,悄悄荡向西天。水星子河两岸的柳毛通、苇丛里,依旧闪烁着萤火虫梦一般的蓝光。它们在地上编织成的这片星海,似乎随着长空星月的西移,而显得更加明亮,引牵着人们不尽的情思……

    南雁躺在炕上。月光透过玻璃窗、钻过没有拉严实的窗帘的缝隙,已经爬上东墙。

    夜是那样的宁静,南雁被这梦幻般的月光掀动的情思,却难安宁平静。

    童年时代她非常喜爱的一支歌谣,不知怎的又在她遥远的记忆里顽强地幽幽响起:

    在那灿烂的星海里,

    有只小白船。

    船上有棵桂花树,

    树下的白兔在游玩。

    桨啊桨啊看不见,

船上也没有帆。

微风儿吹啊吹啊，

船儿荡向西天……

这歌声，像一双无形的温柔的手，轻轻落在南雁那对覆盖着长长睫毛的乌亮的大眼上。年轻的姑娘，嘴角上浮着幸福的笑意，跟着那被微风儿吹动的小白船，荡进了梦乡。

她仿佛觉得自己变成一只大雁，追随着小白船。在自己的身旁，有一头年轻勇敢的雄鹰，在守护着她……

她们在星海里愉快地飞翔，俯视着大地上的荧火虫，环顾周围的闪闪星光。听着船上的白兔那稚气的童声在唱：

荡过美丽的银河水，

来到白云乡。

我向白云问个讯；

远方的亲人可安祥？……

突然，耀眼的电光一闪，把大地照得如同白昼一般。

南雁吃了一惊。啊！又是一颗巨大的流星，拖着长长的耀眼的尾巴，划破长空。

南雁的梦境，就此被惊破。

她睁开眼睛，看到朝霞已从窗帘的缝隙中闯进房间里来了。

当她把双手托住后脑，带着害羞的心情，喜悦地捕捉梦

境的每一个甜蜜的画面时,隐隐听到门外中屋里传来的谈话声:

"婀娘!"这是一声因为兴奋而变得鲁莽的叫喊。

"嘘! 看你吵得像只呱呱鸹。"这是压低嗓门的愉快的呵斥声。这声音接着说,"朵娜还睡着呢。"

"哦!"接着,嗓门也压得低低的,"婀娘,在煮鱼汤索林吗?"

"嗯哪,你们都爱吃的么。"

"让我来烧火。"

"不用! 你洗你的脸去。洗完了,给婀娘去摘几只菜柿子。"

"是啰。"

屋外的谈话声没有了。南雁赶紧从炕上坐起身子,穿好衣服。

当她穿上鞋,下炕走到窗前拉开窗帘,引进满房间明亮的朝霞时,她马上想起昨晚和乌克力说定的计划。今天的阳光是多么好啊。天气也赞同这个计划呢!

自从乌克力回家来后,南雁改变了往日起床先洗脸再梳头的习惯。因为洗脸要到中屋的厨房去的。不能让他看到自己头发乱糟糟的样子。她把窗轻轻推开,就坐在书桌前,支起小镜子。镜子里出现的是一个赫哲族打扮的姑娘。刚才她顺手拿到的衣服,仍是昨天参加葛湖莎婚礼的赫哲装。

"算了,穿着就穿着吧。"她在心里对镜子里的自己说服着。

于是,她打开单辫,拿起梳子。按照她十多年的习惯,把自己的头发分成两股,熟练地编起其中一条辫子。

就在这时候,她的手突然停住了。

到水里星子虽已有三年,她没穿几次赫哲装。每次都是在葛湖莎和乌琴娜提议和督促下才穿戴起来,和服饰相配的单辫,每次都是她们两个给梳编的。

赫哲人未婚姑娘必须梳单辫,这一古老的民风习惯绝不可违反。昨天,她和女伴们围着穿戴赫哲盛装的新娘葛湖莎,在替新娘梳编双辫时,大家一边说笑,一边用美好的语言和新娘开着玩笑。乌琴娜还领头唱了一支古老的民谣:

佳莫鸯(新嫁娘)啊佳莫鸯,

爱米神分开了你的辫子,

有了玛达(丈夫)别忘了婳娘。

这歌声,把新娘葛湖莎羞得满面通红,死劲朝南雁怀里躲。

这个情景,南雁一辈子也忘不掉。

特别重要的还在昨晚夜深人静时,自己意想不到地被乌克力吻了一下! 今天,又要和这个乌克力两个人到大森林去打猎。这……不穿赫哲装还好,穿上赫哲装再分开梳一对辫子,乌克力会怎么想,村里的人会怎么看呀。

现在,轮到南雁自己满面通红了。她用双手掩住自己的脸,想把身上的这套赫哲装换下来。

很快地,她有了另一个念头:"换衣服,还不如解开一条辫子方便。对!"对自己说着,就把已编好的那条辫子打散,把全部长发梳一条单辫。

南雁站起身子,对着镜子,照照头发,整整衣服。她使自己镇定一下,就走到门前,把门拉开。

"河林婀娘,您早!"

坐在灶门前烧火的河林婀娘,听到门响早已转过身来。她脸上每条皱纹都含着笑:"昨晚睡得这么晚,怎么不多睡会呀?"

南雁不好意思地笑笑:"太阳都照进屋啦。"

"洗脸吧,这里有热水。"河林婀娘站起来要去拿脸盆。

南雁慌忙抢上去挡住:"我自己来,河林婀娘。不用热水。"

她在走过半开半掩的西屋门口时,朝里瞅了一眼。

这个不显眼的动作,也未能逃脱河林婀娘的眼睛。南雁听到背后的河林婀娘在说:"克力在园子里摘菜柿子。你洗完脸,也去摘几个。自己摘的,更好吃。"

南雁因为心头的秘密被识破,脸红了一下。她只得"嗯"了一声,也不敢起身子转过来。

洗完脸,南雁的脚似乎不由自主地朝鱼楼子走去了。开始,她认定河林婀娘会在后面看着。所以,控制自己用缓步走着。当绕过东墙角,确认河林婀娘看不到了时,她就改用小跑,飞快地绕过鱼楼子。

当她带着一颗突突乱跳的心推开园子的矮栅门时,突然刹住脚步。她摸摸梳得很整齐的单辫，又整整根本不需要整一下的衣衫。

就在这时候，早就在菜园子里的阿姆巴欢叫着，朝她讨好地奔来。紧接着，从茂密的西红柿棚架后面，站立起也仍旧穿着昨天那套赫哲装的乌克力。

乌克力含笑的眼睛发着亮，他说了句纯粹的赫哲语："音色风西阿衣（愿您早晨好），朵娜！"

"音色风西达衣！克力。（愿您也早晨好）"南雁轻声回答。她第一次只叫他名字。

乌克力朝她走来，高兴地说着："啊，你的赫哲话讲得真不错。是像我们赫哲家的人。"

南雁也朝他走去，笑嗔着："谁稀罕你的表扬。"乌克力笑意更浓，"我可稀罕的。整个水里星子都稀罕的。"

说时，两人已走拢。南雁瞅了他一眼，垂下眼皮："你这句话，不许到处去说。"

"没有你的同意，我哪敢呢。"乌克力柔声说着，温柔地把南雁的手拉过去，把那个爱米神护身符，放在她的手掌里。"她已完成了使命。"

"被人看见！"南雁又朝乌克力瞅了一眼，低声说。

乌克力笑着放开南雁的手，提高了嗓音："你来摘几只吧。"

他们走到西红柿棚架前，乌克力东一指西一指，说着："我留着最大最红的几只，等你来摘的。"又说，"自己摘的，更好吃。"

　　南雁想起了河林婀娘的话，心里想："他们母子，连这事也商量过呀。"

　　赫哲人的感情，热烈而含蓄。他们珍惜自己的感情，更尊重别人的感情。特别是做长辈的，不到可以公开的时候，从来不去揭露晚辈心里还不愿让人知道的秘密。就拿这位普通的母亲河林婀娘来说，她做梦也在盼望有朝一日，这个美丽、善良又有学问的姑娘，成为自己的儿媳妇。但她从来不在南雁面前流露这种心情。在乡亲们面前，即使是她最信赖的长辈伊布哈老人面前，她也从不流露。在乌克力回家探亲的这些日子，她时时处处暗中观察儿子对女房客的态度，以及姑娘的反应。观察的结果，使她心中虔诚地祝祷感谢：

　　"爱米神啊，我家永生永世忘不了您的大恩大德！"但是，在儿子面前，这位母亲也从不过问儿子和南雁的一切。

　　这就是赫哲母亲！

　　……

　　南雁和乌克力刚吃完早饭，院门口传来乌琴娜的叫喊声："朵娜准备好了吧。"

　　南雁和乌克力忙迎出去，只见乌琴娜背着一支猎枪，和葛湖莎手挽手朝他们走来，身后跟着提条子弹带的傅阿真。南雁奔上去，抱住葛湖莎，用她了解到的赫哲古老礼节，和第一次见面的新妇，相互亲着双颊表示祝贺。

　　这种风俗习惯，解放以来特别自"文革"以来，已被大家渐渐淡忘。因此，南雁这一举动，大大地感动了在场所有的人。站在稍远处中屋门口的河林婀娘，见此心中更是激动不已。

葛湖莎的眼睛因为感动而有点润湿，她由衷地说："好朵娜，太阳已经把草叶上的露水带走了，你们快起程吧。"说着，她朝乌克力祝贺似的笑了笑。

乌琴娜把手里的猎枪托了起来，笑着大声问南雁："喂呀，你背还是我哥哥背呀？"

南雁抓住枪身，朝乌琴娜笑着狠狠瞪了一眼，把猎枪斜背在肩上。

傅阿真走到乌克力面前，把子弹带交给他。忠厚的傅阿真还是用原有的习惯称呼："队长，枪擦过的，子弹也都检查过。"

"谢谢你，阿真。"乌克力显然要帮一下南雁，压一压他那个淘气俏皮的堂妹。"不过阿真，我三年前就不是队长啦。你得跟上发展，各种称呼都得改正才好。"

葛湖莎了解他表哥的用意，帮腔地在一边问："是啊，阿真，你该用个什么称呼呢？"

老实的傅阿真朝乌琴娜瞄了一眼，竟认真想了起来："用……"

"琴娜，你脑子灵活，你来决定一个吧。"南雁说这话之前就有思想准备，话还没说完，也紧紧把乌琴娜抱住，使她的手动不了，不能来打自己。乌克力和葛湖莎都笑出声。乌琴娜顿肘两颊飞起朝霞。傅阿真虽然很窘，但心头甜津津的。

乌琴娜挣扎着不肯罢休，叫着要和南雁算账。

河林婀娘笑容满面，已走到葛湖莎面前。她慈祥地抱住这个晚辈新妇。葛湖莎忙低下头,让她的姑婀娘在自己的额头上亲吻祝贺。

在长辈给新妇行这种礼节祝福的时候,周围的人神情都是很庄重的。乌琴娜也暂停了和南雁的嬉笑。南雁趁机松开乌琴娜,躲到葛湖莎身后。

河林婀娘松开葛湖莎,刚转身,正好和冲过来要捉南雁的乌琴娜相碰。乌琴娜就拉住河林婀娘,眼睛盯着南雁,撒娇地说:"婶婀娘,您看,朵娜娥克(嫂子)总是欺侮我,您也不管一管。"

葛湖莎和傅阿真放声大笑。乌克力心里喜滋滋,偷偷地瞅了南雁一眼。他从南雁的反应中得知,南雁还不懂"娥克"是什么意思。

河林婀娘由于太高兴了,嘴角怎么也合不拢。

"喂呀,"院门口传来尤波龙的喊声,"克力,马已备好,快起程吧。"他说着举起握在手里的两条马缰绳。

大家停住笑,都朝院门走去。

院门外,站着一匹白马和一匹枣红马。都被洗刷得干干净净,配挂整齐。这匹白马性情温和,南雁就是骑着它学会一点骑术的。

尤波龙把白马的缰绳递给南雁,南雁朝他感谢地笑笑,接了过去。河林婀娘说:"稍等一下,烘的饼就熟了。我去拿来。"

葛湖莎把正要转身回屋的河林婀娘挡住:"姑婀娘,干粮也备好啦。"她指指拴在枣红马马鞍后面的那只漂亮的熟鹿皮口袋,"够他们俩吃两餐的。"

乌琴娜走过来,帮着南雁上马鞍,边说:"袋里有鱼干。没有给你们备肉干。肉,还是新鲜的好吃!"南雁骑上去后,她又说,"我哥哥的枪法百发百中的。"

……

南雁和乌克力骑着马,离开村子,穿过村西的白桦林,走过水星子河口的堤坝。然后,在田野里朝西北方向直奔水星子峰。阿姆巴昂着头,神气十足地在前面领着路。

田野静悄悄,没有别的人影。

南雁瞅了乌克力一眼,问着:"你又到处去宣传啦?"

"宣传什么?"乌克力张大眼睛。

"你带我去看森林巨人。"南雁瞪着他,"琴娜她们全知道了。定是你去宣传的。"

"巴诺啊!"(天啊)乌克力笑着叫冤,"这哪是什么宣传!黎明时,阿真来交班,我向他借两匹马。他问我干什么用,我又没法子扯慌哄他。他听说后,马上拍着胸脯说,'队长,那你快快去洗脸吃早饭。马,我去牵,给你们送去。'我只有谢谢他。至于他怎么去宣传的,我一点不知道。我是没有罪的。"

南雁被他说得忍不住也笑起来。

"可是,你为什么要怕这'宣传'呢?"乌克力把马头朝南雁这边拉了一下,"你看他们,对我们这个计划,表现出多么大的热情呀。"

这种热情,南雁当然早已深深感受到。"这何消你说!"

说时她不禁朝乌克力妩媚一笑，又问，"克力，'娥克'是什么意思？"

"这个吗，"乌克力活跃起来，笑着说，"我可不敢说。我也怕被琴娜牵连进去，一起被你埋怨。"

他这一说，聪明的南雁就基本上明白了。但她装出仍然不明白的样子，说："好，你要怕事，就不问你了。"说着，就去欣赏眼前的风景。

乌克力继续把马头朝她拉去，伸手摸住猎枪的皮带，说："这枪挺沉的。给我来背吧。"

南雁把头一侧，让乌克力把猎枪拿了过去。她顿时觉得浑身一阵轻松。

田野平展地伸向前方。水星子河就在那里拐个大弯，水星子湖。南雁知道，屹立在前方那座峻峭的山峰，就是水星子主峰。那上面有着使她永生难忘的莫日根山洞。

今天，他们要翻过主峰南麓的一座山冈，绕到它的后面，去看一看有半个多上海国际饭店高的森林巨人。

想到这些，南雁兴奋起来，她拿起马鞭："乌克力，我们来奔一下吧！"说着，她把马鞭朝后一扬，两腿一夹。白马向前一冲，就飞奔起来。阿姆巴欢叫着追上去。

"小心！"乌克力叫喊一声，立即纵马追上去。

乌克力轻易地追到白马的腚后。他没有再往前赶一步，因为当两匹马并列着奔跑时，会相互刺激而越跑越快。乌克力从南雁骑马的姿势，看出她的马术最多是一年级水平。乌克力为此十分担心，不停地在喊："累了吗，歇一会再奔吧！"

"不累!"正在兴头上的南雁愉快地转过头来,还叫喊着,"克力,加油啊!"

"小心!"着急的乌克力恨不得伸手拉住白马的尾巴……

前方开始传来隐隐的响声。随着马儿的飞快奔驰,这响声也在迅速增强,好似远天滚来的雷鸣,又似乎来自地层深处的轰隆声。

这是水星子主峰上冲下来的瀑布的吼声。

南雁也已看到了这条圆柱形的瀑布。三年前,她坐着桦皮船,曾在它的脚底下远远经过。当年那印在她脑海里的壮丽景象,依然清晰。今天,在陆地上仰望它,而且距离又近,更是别有情趣。

南雁纵马飞奔,一直奔到湖岸边,在离瀑布只有百来公尺的地方,下了马。

乌克力忙把她手里的马缰绳接过去,递给她一块雪白的新毛巾:"快擦擦汗。看你累的!"

"不累!"南雁接过毛巾擦着汗,朝乌克力笑笑。她发现乌克力责备地看着自己,又说,"真的不累呀,克力。"她转过身,望着瀑布,快活地嚷着,"克力,你看,多美呀!"

湖水像一汪流动的绿色液体玻璃。那浑身喷散着薄雾的瀑布,有如一根世界上最高最粗的汉白玉柱子,笼罩在一条立体的纱幕后面,带着一股排山倒海不可阻挡的力量,无间隙地冲击着湖面,造成一个又一个漩涡。瀑布背依的岩壁是红棕色的,到处缀有五颜六色的石蕊和绿油油的青苔。这一切,在灿烂的阳光照射下,构成一幅绮丽的活动着的图画。

即使在夏日的阳光直射下,瀑布在它倾泻的旅程中,仍然散发出阵阵清凉的气团。这些气团,使刚下马背的南雁,感到浑身舒坦。但没过多久,她身上就感到了凉意。

“当心感冒。”随着这亲切的声音,一件外衣已披上她的双肩。南雁转过头来,正碰上乌克力无限关切的目光。就在这时,不知怎的,她脚底下踩着的一颗鹅卵石,滚滑了一下。南雁的身子不由自主朝后一仰。站在她身后的乌克力,连忙伸开双臂把她挡住。

“坐下来休息一会吧。”乌克力在她耳边说。

南雁点点头。两个人依偎着在湖岸上坐了下来。阿姆巴也挨过来坐,静静躺在他们脚边,好像要参加他们的谈话。

乌克力望着面前的湖,说:“这湖,确是试验人工哺养大马哈鱼的好地方。”

“是啊!”南雁远眺着湖的那一头,和水星子河相接的地方,呼应着乌克力的话。

“那你就把这个理想,努力变成现实吧。”乌克力很认真地说。

南雁知道乌克力这话没有半点开玩笑的意思。她不禁苦笑一下:“理想?什么条件也没有。只是空想罢了。”

“有志者事竟成。”乌克力极力反驳,“条件也是经过努力创造出来的。”

南雁沉思着。

乌克力抬起一只手,轻轻抚平南雁被风吹乱的头发,继续说,"如果我复员,就回来当你的助手。"

南雁转过脸来直望着乌克力:"你会复员吗?"

"这事,本人事前怎么能知道。"乌克力深情地看着南雁,"我是说'如果'如果是另一个'如果',朵娜,那你愿意当随军……"

南雁用手心捂住乌克力的嘴巴,不让把下面的话说出来。她害羞地转过头去。乌克力用力把她抱住,催促着问:"你,愿不愿意呀?"

南雁背过脸,轻声说:"我还没有问过爸爸的意见呢。"

"大伯肯定同意。蜂蜂早已叫我大哥了。"乌克力断然说,"你呢? 就剩你自己了。我送给你的照片,已一年啦。你信上从来不提一个字。"

南雁马上想起乌克力写在照片背面的那首诗,她顿时心头涌起激情。她脱出乌克力的怀抱,昂起了头。

看到她的情绪骤变,乌克力很是惊奇:"你怎么啦?"

南雁朝乌克力深情地笑笑:"回家给你看样东西。"说着就站了起来。

乌克力慌忙也站起来,抓住她的手,追问:"什么东西?"

南雁俏皮地说:"你看了就知道。"

"不行! 你得马上告诉我。"乌克力急切地说,"不然我今天连只大象也打不中的。"

南雁看他那副认真又焦急的神态,不忍心了:"我,也还你一张照片。"

乌克力不罢休:"就一张照片?"

"我,我……"南雁鼓鼓勇气,终于说出,"把你那首诗抄袭了一下。"

"也写在照片背面,对吗?是吧。"乌克力振奋起来。

南雁咬着嘴唇,点了点头。

"这决不是抄袭。"乌克力叫嚷起来,"你一定有了发展。是吗?对吧。"

"你大喊大叫干什么呀,"南雁柔声说,"我不过,是在回答你……"

"全明白啦!"乌克力放开南雁的手,把双臂伸展出去,想拥抱整个天地。

南雁看看手表说:"克力,我们该上马赶路了。"

"对对。"乌克力应着,但仍在继续追问,"这么说,这事你向我封锁了整整一年。"

南雁笑笑说:"审查你一年,还嫌多吗?"

"唔,不多不多。"乌克力被说服了。他突然把南雁抱起来,把她送上马背。

"啊呀,"南雁惊呼一声,忙抓住马缰绳……

太阳到头顶的时候,他们翻过主峰南端那座山冈,走向那片原始森林。

在森林的进口处,矗立一道气势雄伟的岩壁,有点像古城堡遗留的一堵断壁。断壁上长满巨大的偃松。这种松树,长相极为古怪。它们的粗壮的根,不但暴突在断壁的裂缝外面,像神话中的龙爪子强有力地抓住周围的岩缝。而且,这些根都高高盘踞在自身的枝叶之上。整个树干和茂密的枝杆，顺着断壁倒挂下来。从远处仰望，好像一条条栖在这古城堡废墟上的绿色的龙，守卫着这座原始森林的大门。

南雁跨下马站在这堵极为壮观的断壁下，留连忘返，心中对大自然这神奇的创造力赞叹不已。

"你饿了吧，"乌克力关切地问，并催促着说，"我们进去吧。找条溪涧，边休息边吃午饭。"

南雁摇摇头："一点也不饿。"但她还是跟着乌克力，踏进了原始森林的大门。

这是森林的边缘，尽是些弯弯曲曲的小柞树、秃枝垂叶的白果花楸、树皮破碎的风桦……这些受尽风暴折磨的树木，模样都十分难看。它们有如一道围墙似的，为卫护大森林的主角，作出了自己的牺牲和贡献。

越往里走，森林就越浓密。各种各样的鸟鸣声也越来越响。填补大树间空隙的低矮的灌木丛，也越来越多。

一直跑在他们前面的阿姆巴，一进森林就不吠一声。它在那些矮丛边东一嗅西一嗅，时而又停下来竖起耳朵倾听一阵。忽然，它在一簇撒满小黄花的伞形小灌木丛前停住，它的四条腿拼命伸出去，脑袋和肚皮都贴在地上。乌克力把手里的马缰绳，塞在南雁手里，低声说："你当心马。"说着，飞快地摘下背着的猎枪，熟练地推上子弹。

就在这时候，阿姆巴"唬——嗷！"一声吠叫，箭一般射进伞形小灌木丛。

"扑剌……"小灌木丛里，惊惶失措地飞起两只又肥又大的雉鸡。

"瞠！瞠！"乌克力连放两枪。

那只灰羽毛的雌雉鸡先从半空跌落下来。那只羽毛华丽的公雉鸡，在半空挣扎了一下，也在稍远的地方摔到地上。

"打中啦，两只都打中啦！"南雁快活地嚷着。

阿姆巴从小灌木丛里窜出来，飞扑过去，衔住一只猎物得意地奔到南雁面前。

南雁一手接过猎物，一手在狗头上抓抓痒。

阿姆巴撒娇地"呜呜"叫了两声，又奔去咬第二只受伤还未死的雉鸡。

这附近雉鸡非常多，真有"野鸡飞进灶门里"之势。乌克力先后两枪，又打下两只。

"你试试。"乌克力在猎枪里装进新子弹，把枪交给南雁，顺手把两条马缰绳接了过去。

他们继续往森林纵深走去，阿姆巴继续兴冲冲地执行着自己的职责。

南雁连打两枪全没打中，红着脸要把猎枪还给乌克力，说："浪费了两颗子弹。"

乌克力鼓励着她说，"总要付点学费的。"

后来，她终于打中了一只，而且是只非常好看而且尾毛特别长的公雉鸡。

乌克力把这只猎物提在手里，对南雁笑着说："你以质量取胜。"

南雁快活地说："我把它送给伊布哈爷爷。"

乌克力说："他会记住一辈子的。"

再朝前走不多会,在越来越高大的树木中,出现了枝叶如盖的巨型红松,尖耸入云的巨型云杉,气势雄伟的巨型椴树,挺拔端庄的巨型榆树……这些森林巨人,它们的腰围都得有七八个人才能合抱住,高度都在三十公尺以上。其中最惊人的,是那棵老杨树,它比周围任何一棵树还要高而且粗。南雁发现树身上有个比水桶还粗的洞,洞口十分光滑,她好奇地朝里张望。

"里面很可能有小熊。"乌克力拉住她,"熊常常在这种树窟窿里安家。我们不去惹它们,它们也不会来打扰我们的。"

南雁一听可能是熊崽,虽然好奇,仍不免害怕,忙缩了回来。

在森林巨人居住的地方,因为阳光要穿越重重浓密的枝叶,才能照落到地面。因此气氛就显得阴沉。在这些巨人的脚边,也就到处都有一些隐秘的角落,这使南雁突然产生了带点恐惧的情绪。她情不自禁地,把身子紧靠着乌克力。

乌克力发觉了她的这种情绪,柔声说:"我们离开这些大家伙吧。你也见过了,多看没意思。"乌克力说着指指左前方,"前面不远,有条溪涧,我们去烤只野鸡吃午饭。"

他们不多会就走到那条淙淙作响的清澈溪涧边。溪水在前面三十多公尺的地方,被一块巨大的石崮挡住,消失在一条很宽的石缝里了。

乌克力在溪涧边用石块搭起个灶,南雁抱着一捆收集来的枯枝放在灶门前。乌克力把柴火点燃,用带来的军用小饭盒盛满清泉,放在灶上。南雁拿出干饼和鱼干,烘了起来。

乌克力弄来些土,用水调和成泥,把一只雉鸡浑身包住,然后用两根长树枝夹住,放在火苗上烤着。

南雁很有兴趣地看着。慢慢地,空气里散发出一种诱人的焦香味。

雉鸡烤熟,水早已烧开,鱼干和干饼子也烘热变软。他们的野餐就开始了。

吃过午饭,他们策马朝森林的边缘走去。越过一片混交林,前面有堵不高的岩壁。从岩壁那边,传来一阵刺耳的鸣叫声,给人一种凄厉的感觉。

南雁受惊地向乌克力:"你听,是什么在叫。"乌克力脸上浮起高兴的笑:"我们能带只香獐子回去。"

说着他跳下马,又抓住南雁的马缰绳,带她下了马。"轻点声!"他说。

香獐子,就是麝,就是产生麝香的动物。她过去曾在动物园里见过。可是现在,这只麝将成为他们的猎物,南雁的兴趣就勃然高涨了。

乌克力把两匹马拴在光壁前的一棵大树下。他蹲下身子摸摸阿姆巴的头,和它咕噜噜两句,意思是警告它不许随便出声惊动猎物。

然后,他拉起南雁的手,悄悄地朝光壁后面走去。

他们躲在一片灌木丛中,从那里的树枝间隙中,看到前面那片空地上,一只颇像羚羊的公麝,高有半米长约一米,深棕色的皮毛上带有好看的花斑。它的后腿比前腿长些,因此它把前腿踩在一块突起的岩石上,长长的脖子伸向半空,两只白得发亮的獠牙,威武地露在外面。它的一对黑眼睛溜溜转动着,放出异彩。它一声又一声鸣叫着,好像在呼唤着什么。

这只公麝的体态是很动人的,它的神情更动人。

"它在干什么呀?"南雁轻声问。

"它在召唤。"

"召唤谁?"

"它的对象啊!"

南雁瞪了乌克力一眼。

"瞧,来啦。"乌克力轻轻碰了南雁一下。

从空地对面的大树林子里,慢悠悠地走出一只母麝。母麝的獠牙小得多,基本上不露在嘴外。

一见母麝,那公麝的鸣叫声变得柔和起来。它一边叫着一边朝母麝走去。

乌克力把猎枪从肩上取下,打开保险。他正要朝公麝瞄准。突然,大树林子里传来一声更响的尖叫如鸣的叫声。随着这叫声,冲出另一只公麝来了。

乌克力朝南雁笑了一下,兴奋地说:"今天有好戏看哩。"

正说着,两只公麝已相互冲向自己的情敌。愤怒地露着獠牙,嘴里喷出热气和唾沫,发出刺耳的尖叫声,誓不两立地搏斗起来了。

那母麝站在原地,用冷漠的目光瞅着那两只为它而搏斗的公麝,好像与它毫不相干。

这场殊死的搏斗大约进行了十来分钟。南雁看得有点厌烦了。就在这时候，其中一只倒下了。它受到致命的伤，已站立不起来。那胜利者，拐着一条腿，似乎有点得意地向那母麝走去。

"砰！"乌克力的枪响了。

这只拐腿公麝应声倒下。这枪声，也向阿姆巴发出了进攻的讯号。

阿姆巴从南雁脚边一跃而起，似离弦的箭射向那只搏斗中负伤的公麝。此时，枪声震惊了它，它正用生命的剩余力气想站起来逃进大森林。阿姆巴一口咬住它的一条后腿。

乌克力也奔到中弹的公麝旁边，一脚把它踩住。

南雁不胜喜悦地跟着奔过去。乌克力兴奋地说："大丰收！我想，这两只麝香，一只送给邓雯老师，一只送给大伯，你说好吧。"

"我先代表他们，感谢热诚的猎手。"南雁满脸是笑。

他们把两只麝，分别捆在马鞍后面。他们骑上马，走出原始森林，进入满是沼泽的草地。

草原敞开无比宽广的胸膛，从四面八方拥抱着这对沉醉在爱情中的年轻人。有的地方，野草有一人多高。南雁骑在马上奔驰，她觉得自己仿佛在这草的海洋里游泳一般。野草被风吹动，掀起一阵草的浪涛，使南雁又觉得自己好像乘坐在一条飞快向前的小船上。

这种从未经历过的旅程，使她心花怒放。

太阳已开始西斜。这片充满活力的草原，也快要整个地退到他们身后去了。

当他们登上草原边缘的一座山冈时,晚霞已在草原上空升起。布满草原的那一块块积着水的水泡子,像一面面镜子,反射出亮光,更增添了这草海特有的绮丽风光。

南雁跳下马背,出神地观望草原上空与众不同的晚霞。

这里的晚霞,似乎特别绚丽多彩,变幻莫测。开始的时候,霞光呈青蓝色,转眼变得绿如翡翠。在这绿色的背景上,从遥远的地平线下,突然射起两道淡黄色的光束,犹如两根岔开的圆柱,撑在天地之间。几分钟后,光柱淡隐了。霞光由翠绿变成橙黄,继而转为淡红。渐渐地,又变为血红色。

这时候,太阳开始朝地平线下隐去。

血红色的天际,也开始像被一层黑纱笼住。

"看这边!"乌克力拍拍凝视着西天的南雁,指着东方的天际说,"地球影出现了。"

地球影,南雁过去只是在书上读到过。此刻,她转过身来,目睹了这罕见的奇景:弧形的地球影,它的一端联接北方的地平线,另一端衔接着南方的地平线。它的外缘是闪闪发亮的紫红色。太阳越往下沉,地球影就升得越高。外缘的紫红色彩和它的亮光,则渐渐暗淡下来。

"真美啊!"南雁赞叹不已。祖国壮丽山河上的奇观异景,陶冶着她纯洁的情操,使她更钟情这片土地!

最早的几颗星星,在地球影消失的暗蓝色天幕上出现了。白天已经过去。水里星子村的电灯光,在他们不远的前面,映耀着夜空里越来越多的星星像也在召唤他们的归去……

水里星子,啊,水里星子!

（此文摘录于作者休笔长篇知青小说《赫哲雁》）

辑三

攀枝花

遥远的梦

陆扬烈

"距离，也是一种美。"

这话，上中学时在书上第一次看到。当时，我还不曾到过离家不满百里的省城，对这句话无从体会。1949年5月，杭州解放时，我是一所教会大学的学生。校址在六和(寺)塔西侧的秦望山半山绿树丛中。钱塘江在此处突然成"之"字形大转弯，之江——也成我母校校名。3日那天午后，解放军一支尖刀部队沿江插下来，占领没有守军的校园，居高临下，用重机枪封锁当年中国最大最长上层行汽车下层通火车的大桥，切断敌军从上海到杭州的陆上唯一南撤线。当晚在校内教堂，老师和同学中的地下党员，组织我有生以来第一次见识并参加的军民文艺联欢晚会。

我非常愚蠢地以为解放军都是农民，能表演的无非是快板、秧歌。谁知他们不单有三弦、二胡，还有小提琴、黑管、小号。竟然化装演出《白毛女》喜儿过年，和八路军战士大春救白毛女出山洞两个片段。我们都是第一次观赏到这种话剧加唱的新型中国歌剧，心中十分惊讶激动欣喜。联欢结束，双方演出成员座谈交流。才知他们是军队专业文艺工作团——文工团。大军南下,不断吸收有点文艺基础的学生。其实,昨天的他们,就是今天的我们。那次座谈会,留给我一个至深的感受:穿着土布军装、打着绑腿、辫子塞在军帽里的女兵,是女性最美的形象。这种感受竟然到耄耋之年,仍无变化。

陆扬烈

5月下旬的一天,一男一女两个佩着"军管会"臂章的解放军,来校园招兵。去向是军队,城镇(政府机关,公安局,银行,税务局)。我试着问,"去文工团,行吗?"陪着他俩的老师说了句:"他是音乐团队的。"两个招兵干部立即朝我笑笑,"欢迎欢迎"。没想到,一周后,我就离开校园,穿上军装,成为一名文艺兵。

文工团驻地在城内粮道山脚下,一座古色古香大宅院。园内的假山前,有棵高大的桃树,不结果,花却开得非常茂盛鲜艳,阳光灿烂时对面的花厅就被蒙着一片红晕。

这花厅是全团开会的地方,也是排练厅。

第二年桃花盛开的一天,我们正在排练苏联红军舞,女团长亲切地手牵手领来一个穿圣玛利亚女中校服的小女生,向大家介绍:"她叫柳琦。初中刚毕业。"

早听说团里要物色一个扮演小孩的演员。选了这样一

个稚气未泯靓丽的小女生,大家都很高兴。女团长接着说:
"小柳琦是唱诗班的领唱。她的嗓音很亮很美,音乐老师说,
圣诞节演出中她扮演圣母很受称赞。"

大家热烈鼓掌,欢迎这位新战友。她马上立正向大家敬
个礼,神态颇为庄重。但她敬礼的手势有点笨拙,又穿着教
会女中校服,似有点不伦不类。好多人忍不住捂住嘴笑。她
意识到了,有点窘。女团长一举两得,说:"小柳琦啊,唱支
歌,答谢同志们对你的掌声欢迎吧!"帮她摆脱困窘,又让她
亮亮相。大家又热烈鼓掌。她为难地看着女团长,嗫嚅地,
"我,不会……"看来她不会唱适合在这种场合唱的歌。女团
长谅解地笑笑,"没关系的。"说时朝我招招手,"你来给她伴
奏。"我是个乐器手,此刻手风琴还背在胸前。女团长又说,
"你帮她选一曲。"

我只能从赞美诗里选。《平安夜》动人心弦,但此时此境
肯定不合适。想来想去选了《收成在天家》。这曲子明快动
听昂扬热情,带有进行曲式节奏。曲名就是副歌歌词,只要
把"天家"改成"大家",只唱第一段,(第二第三段都是感谢天
父宏恩)就完全适合在这场境唱。

我对小柳琦说:"唱《收成在大家》吧。"特别强调"大家"
两字。她很机敏,点头笑了一下。我就用力拉响过门,她打
开嗓子唱:

禾捆收回家啊

粮食堆满仓

汗水没流淌

大家齐欢畅

　　她唱到第二句时,女团长带头和大家一起击掌为她打拍子。这下子完全消除了她的顾虑,情绪不再紧张,很好发挥出她唱歌的天赋。第一段歌词唱完,我拉个过门,接下去应该唱副歌,真没想到大家抢先不约而同复唱第一段。赞美诗的优点就是一听就会,易学好懂。好听的歌人人喜欢,这曲子出现意想不到的合唱,成为对全团这位最年幼的战友欢迎会了。

　　第二天中午,我去传达室取信,在大桃树下正好走来,她已穿上新军装。那是军队进城后的第一次改装。女团员是苏式连衫裙,大盖帽,长筒靴。在桃花群组成的红雾映辉中,这个小女兵显得格外飒爽英姿,很精神很神气。

　　她朝我微笑着点一下头,说:"昨天,谢谢你。"

　　不知为什么,我心里非常高兴。正要想趁此机会和她谈谈她母校的唱诗班,前面有人走来,我又不知为什么,慌忙快步走开,连个招呼也没和她打。

　　小柳琦的模样仍然是个"娃娃兵"。大家都跟随女团长对她连姓带名前加个"小"字,这是罕有的称呼。唯有炊事班柳老头(他正巧也姓柳)叫她"俺闺女"。老柳头原是位支前随军民工,越走离家乡越远,一时回不去,干脆参了军。他家里有个亲闺女,正好也十五岁。每次包饺子,老柳头总偷偷给"俺闺女"包些馅特别多的饺子。大家知道都装不知道。

　　不久,团里为纪念鲁迅排演了哲理性独幕剧《过客》。此剧只有两个角色,柳琦扮演剧中的小女孩,剧中的老者即鲁迅本人,布景只是在天幕上用灯光打出一片乱坟场,坟包间开放不少五彩野花。剧情很简单:化装成鲁迅的老者,挂着根蘸水笔形拐杖,伛偻地叹息着上场。他大段哲理性自白,抒说经过坟场的心情。配的背境音乐低沉哀伤。忽然音乐欢快明朗起来,小女孩手举一大把刚从坟场采来生机勃勃的鲜花,喜气洋洋欢叫:"老爷爷您看哪,多美的花啊,好香啊,您闻闻!"于是,一小一老展开对坟场截然不同感受的朗诵式对话。最后,以小女孩唱曲赞美生命的歌结束。导演分析剧本时曾介绍,古印度有位百岁君王齐亚泰,临终给后人遗留七字箴言:"人,出生,受苦,死亡。"据说鲁迅一生只写过这一个剧本,其深邃含义,可能受此影响。一个十五岁小演员,不大可能理解这种人生哲理,但她的舞台形象留给大家的印象很可爱纯真。

　　夏季一个星期天,晚饭前我从市中心返回驻地,在一段没见行人的静僻路段上,小柳琦被两个顽童缠住,一个拉拽她的小挂包,包里的桔子糖撒了一地,另一个怪声怪气大叫,"快来看小娃娃当解放军啊!"小柳琦气得满面通红,体力又敌不过两个顽童。我急奔过去,吼着:"你们干什么!"两个小家伙拔腿就逃。我想笑极力忍住,忙弯腰替她把糖拾起来。她整着军装,恨恨地瞅着顽童的背影,气火火说:"哼!我才不怕哩!"这是她的一句口头语,不同场合表达不同意思。我又极力忍住笑。小柳琦是独生女,家境富裕。星期天如没有演出任务,她必定一早回家,必定带回一大包她最喜爱的桔子糖,常分给大家吃。这时,她抓起一大把:"给你。"这是给我解围的酬谢了。我忙接过,笑着说,"谢谢。我会分给乐队大家的。"她朝我看看,迟疑了一下,低声说:"回去,刚才的事,不要说。好吗?"唔,是这样!堂堂解放军被两个小男孩欺侮,确实没面子。我忙一口答应,还认真地加上一句:"我保证对谁也不说!"她很不好意思地朝我笑笑。

学苏联,有个小歌舞《五个女儿》。小柳琦扮演小女儿莎莎。我和吉他手都穿着乌克兰骑手服饰。歌词唱,集体农庄一位挤奶老妈妈过生日,五个女儿齐来祝贺,围着母亲边唱边舞。

每个女儿用自己的职业动作独舞,莎莎是专业舞蹈演员,编导安排她独舞时要围着手风琴手边舞边转360度,要我跪一条腿,边拉琴边也转身,时时和她对视交流"那种"感情。

这个十多分钟小歌舞节目,至今在脑海清晰浮沉……

小柳琦最成功的舞台形象,是扮演伟大的少女、抗日英

烈刘胡兰的妹妹刘爱兰。家里亲人和群众都昵称她"爱兰"。慷慨悲壮的大型歌剧《刘胡兰》第一幕,首先出场的就是爱兰子。大雪纷飞,远方传来隆隆炮声。她屹立在村口大碾磨上,眺望等候姐姐胡兰子胜利归来,边舞边唱:

朔九寒冬漫天下大雪
姐姐护送军粮上前线
胜利的捷报啊到处传
消灭鬼子兵又一个团

胡兰子背着枪满身雪花兴冲冲上场,姐妹俩展开一段热情洋溢的双人歌舞。此剧闭幕前,和观众道别也是爱兰子。

运动战,八路军打了胜仗就撤走,鬼子汉奸反扑过来,抓住宁死不屈的刘胡兰,残杀于铡刀下。最后一幕,爱兰子跟随母亲给姐姐上坟。母女俩用震人心魄的大段独唱对唱合唱,叙述怀念胡兰子的歌声,用音乐再塑少女抗日英雄刘胡兰的不朽形象。这时,远处又传来军歌声。八路军又打回来了。歌声越来越近越来越响。爱兰子被这雄壮的歌声鼓动激奋而起,她用力抹去满脸泪水,对着姐姐的墓碑,举起握紧的右拳,慷慨激昂高唱:

为姐姐报血海深仇
为保卫家乡父老
爱兰子接过姐姐的枪

为消灭鬼子上战场

一队战士从天幕下远处走过,爱兰子和母亲拥抱告别,转身奔向队伍。军队走近,乡亲们从两侧迎向战士们。爱兰子已穿上军装手握小马枪,她跳上村口的大碾磨。碾磨在军民高唱军歌"慷慨悲歌上战场"声中,徐徐推向台口中央。此时,爱兰子高举小马枪的造型成了一座塑像,紫红色大幕从两侧朝中央拉拢,整个舞台只有爱兰子上战场的塑像,在耀眼的聚光灯中闪闪发亮。

从此,全团都叫她"爱兰子"了。

朝鲜半岛爆发战争,国内剧烈的政治运动也随之狂风雷暴般袭来。文工团毫不例外,封闭一切业务,如临大敌。除极少数指定的骨干打手,人人自危,难测自己命运。原以为还未成年的小柳琦不会有什么麻烦,谁知她竟也成为重点对象之一。她父亲曾留学美国,在一家工厂当总工程师。这厂的一种产品,被揭发危害前线志愿军的健康。她父亲还因为请在美国的老同学寄过几次业务资料,就有了内外勾结破坏抗美援朝之嫌。问题可谓严重。而小柳琦本人,有个要好同学解放前全家移居美国,曾寄给她圣诞卡、生日卡。她参军前两人经常通信。都必须交待彻底。涉外无小事,问题似乎也很严重。旁人绝不允许打听。只能为她担忧为她不安。

运动终于结束,接着大整编。谁也不知道自己会去哪里。别人的去向就更不可知了。

多年来，人整人的运动一个接一个。人生苦旅灾难不断，漂泊无定，年轻时代的战友，彼此的距离也越来越远，只剩下一些遥远的思念，却更浓更深重。我曾出差去过杭州，抽空重访粮道山。那扇对开的朱漆大门，只剩残缺门框。宅院已变成乱糟糟的大杂院，被粗陋分割成一家家住房。唯有那棵大桃树仍屹立在假山前。正是她盛开季节，风姿依然，风采依然。此时此境，我情不自禁想起中唐诗人崔护的《题都城南庄》。传说诗人流传下来的诗作有六首，唯此首千百年来被人们广泛传诵：

> 去年今日此门中，
> 人面桃花相映红，
> 人面不知何处去，
> 桃花依旧笑春风。

又多年过去了，我们这代人相继退休。我在移居澳洲前，去杭州和刚联系上的老C聚谈。从他那里终于获得柳琦的简况。她所在的师，早已集体转业去边疆屯垦。她调到医务部门，曾当过护士长，退休后回杭州定居。第二天午后，我找到她和女儿同住的新屋。她独自在翻看一本老式旧照相簿。我一眼瞥见她正凝视《五个女儿》她独舞的那一张照片。

我心头一震。她发觉了,忙把这一页翻过去。

"老 C 上午打电话告诉我了。"她看着我,说,"走在路上我不敢招呼你。"

"可我立即会喊住你。"我看着她,"你基本上没变。"

她摸摸有点灰白的鬓角,"老啦!"分别时的爱兰子也说"老啦"! 一种难以说清的思绪,迅速弥散,塞满我心头……

喝着刚上市的龙井新茶,翻看当年的剧照和集体合影,追忆往事,回叙近半个世纪来彼此的坎坷。我慨叹说:"多年来,我不断打听你的行踪。都无结果!"

"我也是。"她似下意识地摇一下头,"曾听说你在舟山前沿海岛,也不知道部队番号。到了大西北,就更没希望了!"

正谈着,她女儿从幼儿园接外孙女回家。女儿是军区医院军医,活脱一个当年的女兵柳琦。她看到我们面前翻开的旧照相簿,朝我看看,"是老陆伯伯啊,我妈说过她参军那天的故事。"她笑着说,"我小时候妈就教会我这首歌。"她这话又触动我凝重的感慨。

这时,小姑娘已解开马夹袋,取出一包五色果冻,对自己说,"琦琦的。"把另一包桔子糖放在外婆面前,说,"外婆的。"

已是外婆的柳琦抓起一把桔子糖,放在我面前。

"我受之无愧,"我笑着剥开一颗,"你的秘密,我一直坚守着。"

她女儿好奇地问:"什么秘密?"小琦琦也追着要我解密。

我说:"那要外婆先授权解密的。"

　　小姑娘缠着外婆,"外婆外婆,快解密,快啊。"

　　柳琦瞪我一眼,"你说好啦。我才不怕哩!"

　　她的口头语也没变。我脑海又浮现出那撒落一地的桔子糖。重提当年那件趣事时,引发她一家三代轻快的笑声。在这笑声中,我也终于圆了这个遥远的梦。

　　(2018 年刊于《当湖》第 6 期,2018 年 8 月 20 日刊于澳大利亚《大洋时报》)

思 念

陆扬烈

（根据散文《遥远的梦》创作）

我有个年轻的梦

留在遥远的湖上

关山重重

大海茫茫

我年轻时的战友

如今你漂落在何方

我已老眼昏花

满头白发苍苍

长夜沉沉

人祸猖狂

我们受尽苦难

仍然怀有希望

苍天不会老

大地不会荒

黑暗尽头

太阳更辉煌

我们终能重返军营

相互敬礼 紧紧拥抱

欢笑声中含着热泪

庆贺我们又弦歌一堂

哦 爱兰子

看到你

我的记忆像插上翅膀

欣慰你

又穿上了军装

芳华正茂

英姿飒爽

你屹立在舞台中央

为报姐姐刘胡兰的血海深仇

你高高举起小马枪

我站在台下

为你吹响进军号角

我们慷慨悲歌

冲上战场

踏着先烈的血迹

誓把日寇野豺狼

干净

彻底

消灭光

如今硝烟已经散尽

白鸽在蓝天上纵情翱翔

可我最年轻的战友

你　怎么可以

也拄着拐杖

你　怎么可以

也白发苍苍

你握着我已

拨不动琴弦的手

我抚摸你

也已衰老的肩膀

心中弥散难言的悲怆

听　爱兰子

有个声音

来自长空无垠的穹苍

人啊　人

你出生　来到人间

会受苦　会受难

有快乐　有情爱

无论富裕　无论穷困

无论贫贱　无论权贵

都会衰老　走向死亡

这就是人生

无怨无悔

一切都已过去

一切都成回忆

那过去了的

都将成为亲切的怀念

看　爱兰子

垂柳在为我们深情摇晃

桃花在为我们盛开绽放

湖水在为我们微笑荡漾

夕阳在远山上闪闪发光

让我们敬畏心中的神灵

让我们感恩万能的上苍

再见了　爱兰子

我年轻时的战友

相信我们还会重逢

生命永远充满希望

我为你祈祷

愿你旅途一路平安

愿快乐永远和你相伴

天长地久

陆扬烈

地久天长

（毛泽东主席曾批示英雄先烈刘胡兰"生的伟大，死的光荣"。此文系作者年轻时在部队文工团时演出《刘胡兰》多幕大型歌剧时的情景，至晚年的思念之作。写于 2018 年"八一"建军节，2018 年 8 月刊于澳大利亚《大洋时报》）

新埭之子

——记旅澳老作家陆扬烈

褚亚芳

陆扬烈,1931 年出生于平湖新埭的旧埭村。他当过十五年文艺兵,系中国作家协会会员,上海戏剧家协会会员,上海市文化局高级编剧。现旅居澳大利亚,曾任第二届澳华大洋洲文联主席,维多利亚州华文作协会长。至今出版小说、散文、戏曲、儿童文学、报告文学等各类体裁的文艺作品 600 多万字。多部作品被译为英文,荣获各类奖项十多次。

人生总有几个关键性的三岔路口,选定跨出哪一步,有时会影响人的一生,纵观陆扬烈先生的人生,就有这样 3 个三岔路口。

起步

陆扬烈小学就读于新埭中心国民学校,即现在的新埭镇中心小学。抗战胜利,陆扬烈初中毕业,他从上海回到故乡新埭,考入嘉兴基督教秀州中学高中部。

陆老说,他一生第一件幸事,就是成了语文老师宋清如的学生。宋老师是常熟西城有名的才女、女诗人。学者施蛰存评说:"宋清如的文才,不亚于冰心。"宋清如的作品不多,那是因为她的主要精力和时间,都用在协助丈夫朱生豪翻译《莎士比亚全集》上。

青年时期的陆扬烈

在宋清如老师的影响和谆谆指导下,原本对作文很有兴趣的陆扬烈,在一篇作文的基础上,写成他生平第一篇小说《一个老太太的故事》,被平湖旅禾同学会推荐给平湖《建国日报》,分上下两期各一个整版发表,全文七千余字。之后,他应平湖《力报》之约,在报上介绍秀州中学的各方面情况,供家乡学子参考。这是他最初的文学活动。

1948 年秋,陆扬烈高中毕业,在宋老师的影响下,他考入之江大学。

陆扬烈是一个重情重义、懂得感恩的人。1944 年 12 月 26 日,被誉称"译界楷模"的朱生豪去世。为追思与宋老师的师生情,陆扬烈来澳洲后,为纪念宋老师,在华文报上发表了一篇《情人桥》。这是他认为写得最动感情的一篇散文,其中写着:"之大校址在钱塘江北岸,六和塔之西的秦望山上,男生宿舍和女生宿舍之间,有座小桥。严厉的校规法定,任何男生绝不允许在任何时间,以任何理由越过此小桥。每个星期日一早,就有些男生在桥西堍等着恋人过桥来,傍晚在此依依送她过桥。这里,也留下过朱、宋两人的情愫……"

1949年5月3日,解放军一支尖刀部队,从江北的公路插下来,首先占领无设防的之江校园,居高临下成90度,用重机枪封锁上下两层铁路、公路大桥,堵住国民党军队从上海到杭州的唯一陆上通途。之江大学成了全杭州最先解放的学校。

当天晚上,学校内的地下党老师和高班学生,与解放军举办第一个军民联欢晚会,双方都出节目。陆扬烈是音乐团体的成员,是名吉他手,也上台表演了。解放军的节目是文工团化装表演《白毛女》的两个片段。陆扬烈说,他是第一次观看到这种新颖的话剧加歌唱的中国式歌剧,大为惊讶,欣喜万状。两周后,军管会派干部来校招兵,英姿勃勃的陆扬烈当场被选中。1949年5月28日,在这个令陆扬烈终生难忘的日子,他成为了人民解放军第七兵团文工团的一名团员。从此,奠定了他一生要走文学创作道路的基石。

这是陆扬烈一生中第一个三岔路口。如果他留校,毕业后有可能成为一位中学教师。而他选定参军,就此踏进文艺圈,直到离休后移居到澳大利亚的晚年岁月。

从兵写兵,到为孩子写作

陆扬烈谦逊地说,自己缺乏音乐才赋,因工作需要虽在弹奏吉他的基础上,又学会拉手风琴、吹长笛,但都难以发展,也无兴趣。他的兴趣在写作。

1955 年《人民文学》2 月号上,陆扬烈发表了描写军民鱼水情的小说《边老大》。此文在军内外获奖,次年被译成英文,收入 1956 年的英文小说集。自此,他创作反映部队生活的小说、散文、故事,陆续见诸报刊。其中影响较大的是《连长的"未婚妻"》,是反特题材,发表于《解放军文艺》,被单篇配画出版单行本。1956 年末,他从海岛基层调到南京军区政治部文学创作室,主要任务是为将军级(包括已转地方的首长)老干部代笔他们的革命斗争回忆录,其中一些发表在著名丛刊《红旗飘飘》上。而个人只允许在业余时间写小说、散文等作品。他在部队 15 年中,出版短篇小说集《战士的荣誉》、散文集《海防线上》、小故事集《战士小神医》等作品,被吸收为江苏省作家协会会员。

1959 年,陆扬烈作为军官下放当兵,在康藏高原部队,地处海拔 5000 米的长江发源地,是没有树木的纯牧区。他深入康藏牧区基层采访,记录了好几本笔记。回到南京后,他前后发表了 10 篇描写高原生活的小说,后编选成小说集《女奴金珠》和一册有彩绘的儿童文学故事《金黄色的马鞭》。

中年时期的陆扬烈

1964 年 6 月 30 日,陆扬烈凭着扎实的文学创作功底,转业到上海作家协会,任当时全国唯一的培养文学青年的月刊《萌芽》的小说、散文编辑。这作为他人生第二个三岔路口,从此跨入地方文艺界。

"文革"中,陆扬烈在"五七干校"种过两年田,在某化工厂当过 6 年操作工。"文革"后,作协恢复,陆扬烈被吸收成为中国作协会员。他愿用余生为孩子写作,成为上海木偶剧团的专业编剧。

陆扬烈在完成上演剧目之余,还致力于长篇小说的写作。敬爱的周总理逝世,全国上下沉痛悼念。陆扬烈在掌握大量素材的基础上,以强烈的敬佩之情,废寝忘食地在短时间内创作了他的第一部长篇小说《雾都报童》。小说中的故事以周恩来在重庆创办《新华日报》时,为扩大发行量,招收孤儿作报童为原型。上海少儿出版社以最快的速度出版了《雾都报童》,此书还被译成藏文和朝鲜文。当时正处于"文革"后图书出版事业恢复起步时,《雾都报童》多次再版,共发行四十万册之多,曾获得创作奖,影响颇大。

1986 年夏季,陆扬烈除发表出版了《旋转的城堡》《获金奖的大地》等小说和报告文学外,还创作了电影《诱人的定情物》、电视剧《飘浮的太阳帽》以及大量散文、评论,计约 200 万字。至 1991 年 2 月,年满六十,正式离休。

1995 年 12 月 1 日,他和老伴周丽珠移民澳大利亚墨尔本,和儿子陆星、女儿陆月团聚。2007 年,他在母校秀州校友鼓动和全力操作下,出版二百多万字的《往事重数》,选自在国内发表的长、中、短篇小说、剧本、散文等。

写作第二春

陆扬烈说他的人生第三个三岔路口,是决定选择移民定居在完全陌生的异国他乡。

"家庭团聚"对老年人来说,定是晚年的幸福喜事。但对文学创作,则可能会是个句号。在人生地不熟、语言不通、无社会活动的环境下,能写什么呢? 他决定就此走出文艺圈,全身心地享受夕阳下的悠闲生活。

可陆老自己怎么也想不到,他第一次阅读香港出版的月刊时就十分惊讶:文章竟可以如此坦然直笔! 使他已关闭的创作情思不由自主地喷涌而起。

二十世纪八十年代初,军队邀请地方作家访问各地部队,上海作协获得两个名额。"我幸运得到,被安排去东北延边朝鲜族自治区,接待陪同我和贵州作协老姜的边防部队小刘参谋,是位热情的业余诗人。"陆老根据那一次的访问,在澳大利亚写作发表了一篇纪实游记,名为《大河的母亲》。这篇海外华人都能读到的游记,使他自己意想不到地迎来写作的第二春。

老年时期的陆扬烈

悉尼有家中文报,发起征

文。公布的五位评委分别聘自中国大陆、台湾、香港,以及新加坡、美国,都是著作等身的华族名家。

陆老在《大河的母亲》鼓舞下,投去一篇近万字的小说《天涯云和树》,描写旅澳两位单亲老人的恋情。此文是他在海外第一次获奖。

《天涯云和树》成了陆老祝福从大陆移民到澳洲单亲老人的黄昏恋曲。这"晚情恋三部曲"的第二篇是《同是天涯沦落人》(涉及父辈和子女的矛盾),第三篇《快乐继母》(涉及国外婚恋),此篇发表于《香港文学》月刊。

陆扬烈年轻时代"兵写兵",中年时代为孩子们写作,晚年专注同舟共济的"夕阳移民"——此称号由他的作品提出,被华族社会接受。

短篇写成,陆老又向中、长篇发展。中篇小说《夕阳山外山》,写军队文工团团员的生活,政治运动摧毁男女主角的恋爱,到晚年澳洲重逢,两个家庭三代人和睦相处,双方都致力于第三代的音乐、舞蹈艺术培养。另一部长篇《她们不要战争》(曾名《校园女王》),都在中文报上连载后,出版成书。

期间,他还写了不少散文、杂文,大量游记、小小说。陆老的作品源源不断,先后出版了《陆扬烈小说散文选》《故乡之路》、散文集《外婆桥上的孩子》,还有《人在旅途》和《献给母亲的花》,多部作品获得华侨总会年度文学佳作奖。这些业绩,使陆老当之无愧地担任了澳华大洋洲文联第二届主席,于2003年作为澳大利亚维多利亚州华文作协代表出席了在台北召开的第五届世界华文作协代表大会,并发了言。陆老还任澳华维多利亚州作协会长,更担负着传播中澳文化的使命,满怀激情地忘我创作着。最后,终于完成了他的宿愿,写成长篇小说——《墨尔本没有眼泪》。

人各有志,价值观也各有己见,陆老先生追求的是真、善、美。《异国晚情恋》是他的短、中、长篇小说合集,获得世界华侨总会的 2007 年度小说首奖。《亲情托起的世界状元》一书的出版,是他所写的最长最完整的纪实文学,此书获得世界华侨总会旗下的世界作协年度纪实文学奖。文中的主人公汪晓宇获台湾周大观(死于癌症的九岁天才诗童)基金杰出人才奖,陆老和老伴及汪家被邀出席受奖盛会,并与台湾地区领导人马英九先生合影。陆老离祖国故土越远,思念越深,2015 年 11 月写出了《故乡》一书,字里行间闪耀着对祖国故乡的眷恋之情。他的作品,不仅是旅澳华人的真实画卷,也散发着浓郁的乡土气息;既是他心底真情的流露,也承载着他对生活的感悟。读他的作品,会让人感到亲切。

2011 年,上海作家协会为陆扬烈出版九卷四百多万字的《陆扬烈文集》。成为上海作协为旅居海外的老会员出版个人《文集》的第一人。

《文集》出版,陆老的笔仍没有停下,他说:"用行话说,以前是'要我写',现在是'我要写'。前者为稿酬,补贴家用。后者,已完全摆脱束缚,自我思想解放了。"他在海外,已出版二十本专著。

陆老先生本着自己的一颗爱国心和一份使命感,怀着爱国爱澳两种美好的情结,尽自己的一切所能,架起了传递中国和澳州文化交流的桥梁，传播着世界和平友爱的种子。这种爱国心和使命感所迸发的激情，常使陆老先生忘却自己的年龄，飞扬着年青人的锐气激情。正是这种锐气激情，使退休闲赋、颐养天年的他放不下手中的笔，止不住要说的话，好作品源源问世；这种锐气激情，犹如日月运行，江河奔泻，贯穿在陆老先生六十七年忘我的创作生活之中；这种锐气激情，犹如雄鹰展翅，鲲鹏万里，使陆老先生用毕生精力施展才华，报效祖国。

结束语

陆老是一个甘愿奉献，热爱祖国，挚爱家乡的人。2006年10月18日，新埭镇中心小学正逢百岁生日，世界各地的校友汇集母校，参加空前盛大的庆祝大会。

我坐在台下，第一次见到作为校友代表的75岁的陆扬烈先生。大会主持人请他发言，陆老的发言很简练，印象颇深。大意是：我是1942届学生，没有母校给我打下文化基础，就不可能有我今天这点成就。我感恩母校，无以报答，仅以1万元稿费，请母校举办在校学生的年度作文奖，鼓励同学们对作文产生兴趣，努力写作，产生更多的记者、编辑、诗人、编剧、作家……为国家的文化建设，添砖加瓦。他用一句充满感情的话，结束发言："祝母校与日月同辉，桃李满天下。"

2012年他又回到家乡，向新埭镇中心小学捐赠6万元，还带来了他的书籍，赠送给镇中心小学、镇文联、镇图书馆以及市图书馆。那是我第二次见到精神矍铄的陆老先生。当时，顾根方校长说，学校决定成立"陆扬烈作文奖基金"，用银行的年利息作为年度奖金，使作文奖能延续下去。在此同时，我从有关报上得知，陆老在他嘉兴秀州中学母校，捐赠15万元，也作为年度作文奖的基金。

作者和陆扬烈先生合影

陆老是一个兢兢业业，热爱生活，心系故乡的人。他人在异国他乡，却心系生养他的祖国，还时时牵挂着故乡的发展和担负着对文学后代的培养。他把母校秀州文学社学生的优秀作品，推荐给澳州《华文报》《新海潮报》，如《一枚邮票》（礼赞祖国地图形象）、《大树的眼泪》（呼吁保护古树）等，开创了秀州中学乃至全嘉兴地区中学生作文在海外华文报刊发表的先例。当他看到2016年《新塍文化》第二十二期转载了他的小说《白玉观音》时，很快寄来了特为故乡《新塍文化》而写的题为《白玉观音的由来——和家乡年轻文友谈小说创作》的文稿，为家乡的文学青年传经送宝，谆谆教导。

陆老是一个真诚坦荡，严谨认真，淡泊名利的人。2017年11月14日，87岁的陆扬烈在女儿陆月的陪同下，再次回访故乡新埭。当我把第一份拙稿交到陆老手里时，他认真地说："我回去好好拜读后，再寄过来。"他将我原来写的《著作等身报效祖国——记著名旅澳作家陆扬烈先生》的题目，要求改为现在的题目《新埭之子——记旅澳老作家陆扬烈》，将文章内的一些获奖数字"几十次"改为"十多次"。还谦虚地说："评价过高，我承受不了的，希您接受。"我采访过陆老多次，还拜读过他大量的书籍，把了解到的一些真情实况记录下来，也是不为过的，所以有些情况我还是坚持己见，还请陆老先生谅解了。

陆老是一个乐观豁达，热情开朗，知恩图报的人。在我又一次向他采访时，他最后说："我的价值观，一是敬畏，二是感恩。敬畏创造宇宙万物的神灵，感恩生我养我的大地、天空、河川和社会——父母、母校、老师以及所有帮助过我的人们。"

我想，这不就是陆老作为我们平湖陆氏后裔对先贤倡导的"报本文化"，最好的传承发扬和诠释吗！

（2017年10月刊于《新埭文化》第24期；2018年4月刊于《平湖政协》第1.2合期；2018年5月刊于《当湖》总第6期。）

银光映辉的岁月

褚亚芳

陆扬烈在演奏

在去年的重阳节期间,陆扬烈老师从遥远的澳大利亚回新埭老家探亲,把这部长篇小说《赫哲雁》的小样交给我,说:"我老眼昏花,请你帮忙校对一下。这样,故事也知道了,顺便就给写个序。"见我一副惊奇的样子,陆老师认真地说:"请你写序,一是因为小说是写一位女知青的故事,你是知青的女儿;第二,你父亲是我战友,他退役能在城里找到工作,却自愿落户农村,成为一名穿军装的罕见的知青。我希望能为他在这本书里留点纪念,只能落实到你身上了;第三,你是新埭文联的常务副主席,这书上有你写的序,就有了乡愁。"

陆老师的话深深地感动了我,特别是提到"乡愁"两字,我自有体会。我是个农家的女儿,三十六岁那年,因领奖参加会议才到北京。第一次出远门，刚参加完颁奖会，只几天就想念起家了。去年秋天，终于实现了出国梦去西欧旅游，异国的景色风光虽然满足了我的好奇心，增长了不少的见识，但晚上入睡前，总会思念起家乡……从中体会到乡愁的滋味。

陆老离休后，为"家庭团聚"移民万里之外的南半球澳大利亚墨尔本，二十多年了，每年才回国一次呢！我完全理解他对家乡深深的眷恋之情。何况陆老最初的文学创作，就起步于家乡就读的高中时代，他在宋清如老师（被誉为"译界楷模"朱生豪的夫人，夫妇俩在极其艰难困苦中完成《莎士比亚全集》的中译工程）的指导下，写成的生平第一篇七千余字的小说《一个老太太的故事》，被平湖旅禾同学会推荐给平湖《建国日报》，分上下两期各一个整版发表。现在，他认为这部《赫哲雁》，是此生封笔之作，所以一定要含有乡情。所以，陆老还让我帮他联系，请家乡的著名画家彭正海老师，为本书题写书名。这样，就有了浓浓的乡情。

陆老说到乡情，使我立即想到，2007 年他获世界华侨总会年度小说首奖的长篇小说——《墨尔本没有眼泪》。这部有点像自传体性质的小说，主角和两位重要配角，他们的童年就生活在我再熟悉不过的新埭镇西大街。那著名的中药堂和坐堂郎中，还有河对岸的基督教堂，唤起陆老多少往昔亲切的怀念啊！半个世纪过去了，历尽种种苦难的那对童年伴侣已白发苍苍，从遥远的墨尔本，万里迢迢重访西大街。街前的母亲河仍流淌不息风采依然！我这个晚辈，岂能畏惧而推辞写这个序呢，应该是代序。

　　我的资历见识都很浅薄，又孤陋寡闻。读了这部小说，我才知道动听的《乌苏里船歌》，就诞生在祖国东北边境美丽的乌苏里江，她是以渔猎为生的赫哲族的母亲河。乌苏里江，是我国大地上罕有的南北走向的一条大河，全长有一千两百多公里，是地球上淡水鱼最多、品种也最多的大河，她起源于东北大平原上最大的淡水湖——兴凯湖，我们祖先特将出海口命名为庙街。

　　凶恶悍残的沙俄老沙皇，把乌苏里江的六分之五，连同河东岸直到鞑靼海峡的大片领土强行掠夺。还有黑龙江北岸的又一大片领土，都侵占为苏俄的领地。苏武牧羊的北海，改名贝加尔湖，这远东最大的不冻港海参崴，改名为一大串难念的符拉迪沃斯托克。有六万多居住在两江两岸的赫哲族人，留在中国的却不到万人。要不是陆老这部小说，我什么也不知道，就连新、老沙皇在我国东北干了这么多凶暴狠毒、丧心病狂、惨无人性的罪恶，也一无所知。

在抗日战争中，日寇凶险残暴乱杀无辜，把赫哲村合并，把赫哲人驱入森林，让汉奸扮成粮贩子，将下毒的粮食"偷运"进森林，使众多男女老小食之中毒身亡。而赫哲真是个了不起的民族，赫哲人同仇敌忾的斗志，百发百中的枪法，打死难以计数的鬼子。到解放前夕，中国赫哲族虽仅剩千余人，但他们仍以顽强的意志，保卫着祖国的边疆，建设着自己美好的家园。

《赫哲雁》是部严谨的小说，也是部充满温情的小说。上海大城市的女知青南雁和边境渔村出生的乌克力——海防副艇长，陆老把他俩的爱情，写得含蓄深情温馨动人。在乌克力探亲假的一个丽日，他和南雁骑马去森林遨游，那大森林里被树梢编织过的阳光，各种珍奇可爱的小动物，各式各样艳丽夺目的野花，还有高入云霄、十多人围抱不住的参天大树，以及森林外草海上空绚丽的晚霞，和晚霞争飞的各类鸟群……都令人神往。如今，知青们都早已回城，各有自己的事业。留在农（渔）村的已凤毛麟角。而南雁就是其中的一个，她在远离大上海万里的赫哲渔村，参与大马哈鱼（三文鱼）的人工育种工程，前程远大。

《赫哲雁》还淋漓尽致地描绘了赫哲族所特有的民风习俗，有各种烹饪方法制作各式各样鱼菜的鱼宴，有高亢激昂、动人心弦的依玛坎，还有天地交融、场面宏大的湖上婚礼……

陆老说，这部长篇小说《赫哲雁》是他的休笔之作了。我想也许不会,陆老在九十年代初,刚移民澳大利亚时,不是也以为不再笔耕了吗?然而,新的生活在他面前又展开了一条更宽阔的文学大道,赐给了他创作的第二个"春天",自新纪世以来,至今共出版了十九部书籍,选汇成了九卷,计六百万字的《陆扬烈文集》。

我还是衷心祝愿:在陆老银光映辉美好春天的岁月之后,必定也会迎来蓬勃似火热烈奔放的夏季吧!那就让我们期待着陆老,永葆创作的青春,会有更多的佳作继续问世吧!

莫道桑榆晚,红霞尚满天!

（2018年春于平湖新埭,在陆扬烈著的《赫哲雁》中作代序）

木棉树上的一朵攀枝花

——记我穿军装的知青爸爸

褚亚芳

我是个知青的女儿。

是一个穿军装知青的女儿。

在祖国大三线伟大工程的建设中，早期建成的攀枝花钢城，就坐落在巴山蜀水涧的那片荒滩原野上。那里漫山遍野生长着一种高入云霄的木棉树，每当春季来临，满树会盛开出拳头样火红的花朵，当地苗家人尊称这种树为"英雄树"。苗家曾经有个古老的传说，那年有异族入侵，青壮年们

青年钱忠良

奋起抗战，誓死保卫家乡，因鲜红的热血染红了大地，使当年开放在一株株木棉树上原本洁白如雪的花朵，突然变成了如紧握着拳头样的鲜红似火的颜色，人们感悟到，这是由先烈的鲜血染红的啊！从此，木棉树被称为英雄树。

木棉树,别名又叫攀枝花树。于是,屹立在这块土地上的钢城,又有了一个具有划时代历史意义的响亮名字——攀枝花钢城!那又如白玉兰是大上海市的市花一样,攀枝花成了大三线四川省雄伟钢城所在地攀枝花市的市花。而那些曾为钢城建设南征北战、纵横驰骋,献出青春的创建者们,都被人们誉为"木棉树上的一朵攀枝花"。我爸爸钱忠良就是千万朵中一朵平凡而光荣的攀枝花!

(一)

1932 年 2 月 16 日,父亲出生于上海市松江县城,从小就学会了家传的箍桶手艺。1956 年在沈阳部队服役当兵,立过功,1959 年退役回松江。1962 年为国家挑重担,甘愿放弃城市户口,穿一身没缀领章的军装,下放到一衣带水的浙江省平湖市新埭镇丰收村,与母亲结合,成为了一名罕有的插队落户的农民。被乡里亲切地称为"穿军装的知青"。

1964 年,毛主席发出"备战备荒为人民""好人好马上三线"的伟大号召,在时代大背景中,父亲征得母亲的赞同,毫不犹豫奔赴国家三线建设的前沿阵地,成了一名艰苦而光荣的国家钢铁基地的建设尖兵。

大"三线建设",是党中央于 20 世纪 60 年代中期作出的一项重大战略决策,发生背景是中苏交恶以及美国在中国东南沿海攻势,国际局势日趋紧张的情况下,为加强战备,逐步改变我国生产力布局的一次由东向西转移的战略大调整,建设的重点在西南、西北。在 1964 年至 1980 年,贯穿三个五年计划的 16 年中,国家在属于三线地区的 13 个省和自治区的中西部,投入了占同期全国基本建设总投资的 40% 多的 2052.68 亿元巨资;400 万工人、干部、知识分子、解放军官兵和上千万人次的民工。在时代的召唤下,打起背包,跋山涉水,来到祖国大西南、大西北的深山峡谷、大漠荒野,风餐露宿、肩扛人挑,用艰辛、血汗和生命,建起了 1100 多个大中型工矿企业、科研单位和大专院校。

今天是 2018 年 2 月 15 日,除夕之日,父亲今年 87 岁,十六年前得肺癌开过大刀,4 年前又患了两次脑梗,2017 年生活不能自理,语言也有障碍。春节前一个星期,母亲拿出珍藏了三十多年父亲的两枚纪念章和一本画册与我。一枚是至今仍散发着香味的铜质纪念章,上面别针的正面是钢铁出

建设攀钢纪念章

炉的标志,下面铜质菱形的章面上,书写着 1965—1985 的年份,年份中间似是卷尺和直尺的图案,图案上面是一朵盛开着的攀枝花。攀枝花由五个花瓣组成,下方两个花瓣呈两颗爱心形,相互对称着;上方有三个花瓣,中间的花瓣上有一颗小小的五角星。背面写着:《攀枝花建设二十周年纪念》。另一枚纪念章的形状是两个连接着的圆形,上面是蓝色的天

空,下面是宝钢在吴淞口泛着波光的全景,蓝色处写有"宝钢"两字。在纪念章的背面是:《宝钢一期工程85.9投产纪念》。画册的封面上书写着《战斗的里程——冶金部十九冶上海分公司画册》,书的左侧有5幅钢铁厂代表性的照片。

我手捧纪念章和画册,真是百感交集,思绪万千。父亲的人生道路真是一路风雨,一路欢歌啊!我怀着崇敬的心情,和母亲一起回忆父亲的工作历程,记录下父亲的一些往事,留下一位老工人经历这段中国建设历史中的一个小小的缩影。

(二)

父亲所在的单位是冶金部十九冶三公司,1964年8月,参加了在安徽的马鞍山鞍钢九号高炉大修。因时间紧,任务重,安装工期奋战了两个月零十天。1965年,父亲所在的施

工队伍挺进西南,参加四川江油 654 厂三线工程项目建设。在当时极其艰苦的条件下,单位几万工人的饮用水,急需有个可蓄万吨水的储水桶,谁能做? 没有人能担此重任,父亲就利用家传箍桶的手艺,担当起这个艰难的重任。于是让母亲从家乡把箍桶的工具装进木箱,从新埭乘大利班到上海,送到上海浦江饭店公司人事干部叫陆舍的领导手里,由父亲公司的领导带去江油,父亲一个人做出了万吨储水桶,解决了公司饮用水的燃眉之急。

　　1966 年 5 月,父亲又到四川攀枝花,参加攀枝花钢铁基地建设,一直到 1974 年底,历经 8 年的时间。以前曾听父亲说,他们进去时,真是蜀道难,难于上青天。一片荒无人烟,交通闭塞,只能是"三块石头支口锅,帐篷搭在山窝窝"。遇到天下雨,只

能在雨地里吃饭。和工友们硬靠肩挑背扛,挑水运砖,经历着步步的艰辛。他们曾就地取材采砂石,铺管引来金沙江水,在荒山上筑起平坦的道路。离开时是厂房林立,气派雄伟;钢梁铁塔万丈平地起,耸立云天;钢铁管道纵横壮观,经纬万千;道路笔直宽阔,四通八达。一个崭新的、我国自行设计、自行制造的大型钢铁基地——攀枝花钢铁公司完满建

成。也造福于一方百姓，当地人可以就地就业，改变了他们原本贫穷落后的命运。而钢铁基地的创建者们则又悄然离去，去开辟新的艰辛的征程。

1974年底，攀钢一期工程建成投产后，根据国家钢铁工业发展需要，抽调一支17000人的精干施工队伍回师武汉，参加大型引进工程项目——武钢一米七热轧工程建设，父亲就是这支精干施工队伍中的一员。父亲和工友们接到命令后，即刻"穿山跨江三千里，日夜兼程奔〇七"。他们"放下行装就战斗，因陋就简扎大营"。又是一场开天辟地、惊心动魄的钢城建设战斗。

从1974年底至1978年，用四年的时间，父亲和全体工友们经过艰苦卓越的战斗，建成了年产热轧钢板和钢卷301万吨，具有大型化、高速化和连续化等特点的武钢一米七热轧工程，坐落于武汉景色宜人的东湖之滨。谱写了一曲工人阶级先锋队的凯旋之歌：

> 旌旗招展青山，
> 精兵回师武汉。
> 全力会战热轧，
> 〇七工地夺冠。
> 顶住狂涛逆浪，
> 突破技术难关。
> 风风雨雨四载，
> 一次报捷投产。

在 1978 年 12 月 12 日,热轧厂一次投料试轧成功。这真是个难忘的日子,胜利的象征。为此,武钢立下了"一次试轧成功纪念碑"。中日双方举杯庆贺,共同种下常青树,标志着亲密合作万年春。

1978 年,父亲所在的施工队伍,在武钢完成一米七热轧工程建设后,又转战上海,参加大型现代化工程——上海宝山钢铁总厂的建设。那年,我在新埠中学读高中,喜讯传来,我们全家都喜笑颜开。因为父亲原来每年只能有一次回家探亲的机会,探亲假只有一个月时间。由于长期在外工作,在我牙牙学语的时候,甚至连自己的父亲都不认识。母亲说,小小的我,用凳子、椅子、扁担、提篮等各种各样的东西拦在门口,不让父亲进门。现在离家近了,父亲在假日就可以回家团聚了。

从 1978 年至 1985 年,是父亲在上海宝山钢铁总厂参加一期工程建设的时期。他们在长江边的滩涂上,打下一号高

炉工地的钢管桩,开挖高炉基础土方,采用泵车布料杆浇灌
大型混凝土高炉基础……那正是千军万马战宝山,钢铁腾飞
在今天。百米高炉冲天起,东海之滨一奇观。

1984 年 2 月 15 日,中
共中央政治局常委、顾问委
员会主任邓小平视察宝钢
建设工地,并为宝钢题词
"掌握新技术,要善于学习,
更要善于创新。"在 1983 至
1985 年间,相继有许多位国家领导人来宝钢视察,鼓舞着一
线工人投身钢城建设的热情。父亲和工友们开拓前进创新
路,迎来了十里钢城春满园。人心向着"八五·九",喜看铁
流钢花溅。经过八年的奋战,1985 年 9 月宝钢一期工程投产
试验成功。

期间在 1981 年 6 月,经冶金部批准,宝钢十九冶分指挥
部从十九冶划分出来,沿用十九冶的番号和体制,成立了直
属冶金部领导的第十九冶金建设公司
上海分公司。1986 年 6 月 4 日,宝钢
一期工程建成投产后,冶金部经与上
海市人民政府协商同意,将十九冶上
海分公司成建制改组成立上海宝钢冶
金建设公司,队伍在上海落户,担负宝
钢的设备检修、基本建设和为上海冶
金建设服务等三项任务。

建设宝钢纪念章

（三）

父亲的单位经过几十年的辗转迁移，终于在大上海固定了下来。意想不到的是父亲于1986年3月，在宝钢生产建设中，因一次工伤事故后，左腿受伤，回家养伤一个月。也是在这个节骨眼上，妹妹也在一次工伤事故中，左手失去了中指和无名指两个手指头。至1987年11月7日，父亲到了55周岁可退休的年龄，才回到了阔别二十三年的新埭家乡。

父亲现已退休三十多年，在这三十多年里，一向吃苦勤劳惯了的父亲，总还是闲不下来。刚退休时，正值国家政策号召，依靠勤劳致富，让一部分人先富起来。父亲和母亲一起饲养蛋鸭800多只，从苗鸭的培育，到鸭子产蛋率的如何提高，从不懂到懂，到成为平湖市"双学双比"优秀的养鸭专业户受到表彰。那时的父亲，确实总是乐呵呵的，用父亲的话说："我每个星期要去银行存款一次！"父亲从一个铮铮铁骨的钢铁基地建设的工人，转换成一个地地道道的草根农民，一个为数不多走在前列的致富专业户。

退休在家的日子里，父亲不单自己致富，还因乡亲邻居们日常生活的需求，又重操家传的箍桶手艺，免费为左邻右舍们修桶补盖，有邻家的镬盖坏了，脚桶、提桶、粪桶等日常生活用具和生产工具坏了，邻近好几个生产队的社员都拿到我家来，求父亲帮忙修理。人家给钱，父亲总是笑笑说：自己会的手艺，举手之劳，方便的，不用不用，我有退休工资呢！

在刚开始有小木兰摩托车时,父亲是全村第一个骑上的,当时在农村中是属于比较先进的交通工具。所以父亲又常常帮助人家上街买东西。剃头店的阿桂师傅是个腿脚不便的残疾人,父亲经常帮助他,今天买菜,明天买农药等,从镇上带回来,从来没有一句怨言。父亲平时喜欢到社区活动中心参加下象棋等娱乐活动,一次,一位姓倪的棋友患病,自己不能回家,父亲就骑着小木兰开了十多里路,主动送棋友安全到家,使这家亲属非常感激。

父亲年轻在部队时,就是学雷锋的积极分子,曾献过多次血,立过多次功。到上了年纪,更是注重公益事业。在我们家东边有个轮窑厂,在家门前的机耕路上,每天来来往往运砖的车辆、拖拉机很多,不时地从车上掉下砖来,父亲总是不厌其烦去拣拾掉,方便人们出行。看到桥基上落差太大,总去整修一下。甚至看到讨饭的人,总是慷慨解囊。父亲常说:做人要积善积德,能帮就帮一把。

我的爸爸钱忠良,就是这样一个从穿军装的知青,锤炼为一个吃苦耐劳、艰苦创业,二十三年风雨兼程如一日参加祖国大三线建设的垦荒者! 是一个团结协作、无私奉献,把美好青春贡献给祖国钢铁基地建设的创造者! 是一个不图名利、默默无闻,把拳拳爱心献给社会甘愿为人民服务鞠躬尽瘁的人!

父亲,我可敬可爱的老爸爸,我为您骄傲,我为您自豪!我要为您唱一首发自内心的歌!

您是一棵屹立在川西山坡上任凭风吹雨打、昂霜斗雪,顽强不屈蕴含积存着无限生命力的木棉树！您是一朵用智慧和汗水铸成钢铁基地，用铁水和钢花凝结成灿烂而鲜红的攀枝花！

老年钱忠良

（2018 年 5 月 25 日，发表在澳大利亚《大洋时报》上）

辑四

母亲河的女儿

母亲河的女儿

陆扬烈

　　早春的一天，泖水流过新埭古镇，有个农家的女婴，在全家的喜盼中诞生。

（一）

　　她父亲钱忠良曾在雷锋所在的部队服役，工作需要他学会做几种模具，他心灵手巧又有一手家传箍桶手艺，很快做出模具，且越做越好越快，荣立了三等功。复员后怀着雷锋的遗愿，参加国家大三线（四川）艰难的钢城建设。他积储一年的假日，算准在女儿出生前回家探亲。母亲褚金娣是当年生产队的会计，有一手缝纫手艺，乡里昵称她"金娣阿姐"。父亲省吃俭用，戒烟积下的钱买架缝纫机作为礼物，母亲从此为乡邻亲朋缝补做衣，决不收钱。父亲在家时帮人修桶补盆，也都尽义务，褚家的好名声广传遐迩。爸妈期望女儿具有真诚的爱心和纯洁的品德，长大了用勤奋好学和不屈的精神，获得成功，为生她养她的故里争得光荣。所以给女儿取

褚亚芳

名叫"亚芳"。

小亚芳有记忆了,她不追求糖果糕饼,最喜欢静静地坐在小板凳上,好奇地看着娘娘(祖母)熟练地扎针走线纳着鞋底,边娓娓讲叙着一个又一个有趣的故事,中间常插进一支支好听的山歌。娘娘俞友珍年轻时是远近闻名的山歌手,老了仍口齿清晰嗓音响亮。在夕阳映晖下,小亚芳常伫立在屋边的小竹园旁,眺望邻家大人们扛着农具唱着田歌归来。这辰光她特别想念爸爸,要是爸爸探亲在家,就会和邻家大人一起朝自己迎来!小亚芳还盼着节日庙会到来,就能满心喜悦穿行观看五花八门琳琅精彩的文艺表演。这些亲切深邃的记忆,随着年龄增长,积聚起她的思想财富,使她在家乡泖水文化的肥田沃土上辛勤耕耘,使泖水乡野阡陌上绽放出一朵朵奇葩。

当年学制减缩,小学五年,初高中各两年,褚亚芳十五岁高中毕业。初中时当语文课代表、文艺委员,高中两年连任副班长、寝室长。她进高中那年,恢复高考的特大喜讯传遍全国,应届毕业生个个摩拳擦掌,争奔大学殿堂。褚亚芳当不例外,班主任胡蕴钰对这个优秀生寄予很大希望。校长沈永迪有天找她个别谈话,开头一句话,竟是:"你上数学课在偷看《李自成》吧?这是右派名作家姚雪垠,经毛主席批准创作的长篇小说,是本热门书。"听校长这句话,褚亚芳大吃一惊,惶惶然低头承认,正要检讨并保证不再犯,校长却又和蔼地说出使她意想不到的话:"你爱好文学,很好。你的语文成绩突出,我建议你报考文科。同学们多数重视数理化,国家也需要文科人才呀。"褚亚芳又惊又喜,大受鼓舞。她向校长深深鞠躬,决心下定了。

谁知高考临头,娘娘突发重病,这个对祖母怀有特殊情感的孙女,睡梦里也会急醒,她的心已飞回家里,对高考她已心不在焉。最后一张考卷匆匆交出,转身一口气急奔回家。爸爸远在大三线,弟弟、妹妹都年幼,妈妈肩担生产队会计重任,她全部担起对娘娘的护理,日夜喂茶喂粥,按摩擦身端尿盆,老太太舒心安享人生最后一段旅程,回归大自然,而她最心疼的孙女误了高考,大家都为她惋惜。褚亚芳毫不后悔,她对娘娘的感情比考大学更重。公社要各大队设个报道员,及时报道全大队农忙时的生产进度、收成实情,及在生产劳动中涌现出来的先进事迹、好人好事。大队选中在家务农的褚亚芳。褚亚芳立即走上岗位,这是份记工分为报酬的工作,她干得很积极,领导上很满意。这对褚亚芳以后走上群众文化岗位,在基层做调查采访,打下启蒙基础。

十一届三中全会后,农村实行家庭联产承包责任制,褚亚芳担任过村幼儿教师,之后在公社妇联的领导下,褚亚芳被安排到镇上托儿所工作。过不多久,她良好的人际关系和工作能力,被选为所长。

（二）

1991年，镇农技站缺技术员，得知她有中央农业广播学校函授农学中专的毕业证书，把她调去当林技员。有位当过大学校长的学者，曾谆谆教导他的学生："学校毕业，得到的是基础知识，踏上社会走上工作岗位，这点知识远远不够，时代在前进社会在发展，你们必须主动去获取新的知识，才能做好工作，取得新成就。"褚亚芳铭记在心里，付诸行动。她对"必须主动"这四个字理解为进不成大学就在工作岗位上考函授或听广播学习。她通过自学，先后获得中央农业广播学校第一期农学中专毕业证书，通过全国高等教育《农技推广》专业的自学考试，获得专科毕业证书，荣获嘉兴市级优秀毕业生奖状。她还参加中共中央党校函授学院本科班《法律专业》学习，取得毕

褚亚芳骑车检查林带

业证书，获得平湖市级优秀毕业生奖状。特别使家乡新埭引以为荣的是，全国高等教育自学考试《农技推广》报考生全平湖六十多人，最后仅四名毕业，新埭就她一个，而且名列前茅。这些主动学来的知识使她在二十多年间，在各种岗位上，都不断做出使领导和乡里意想不到惊喜的成绩。

新埭镇农技站，是镇属事业编制单位，为给全镇农户提供更便利的服务。在上世纪 90 年代，站内设立了经营部门，经销各类种子、农药、化肥及蚕药等商品，也增加了站内集体经济收入。褚亚芳刚到农技站，接受的第一份工作是担任农技站实体经济的会计职务。她对这工作完全陌生，为了做好工作，先后通过了会计证的考试、珠算等级考试。她虽不喜欢这项业务，但多了这方面知识，也是一种力量。

之后，她分管林业工作，成为新埭镇的一名林技员，也是全市第一位女林技员。因这项工作要带着图纸经常跑田间地头，河边村旁，东跑西奔，日晒风刮，非常辛苦劳累。市农林局的领导，开始怕女同志难胜任。想不到身躯并不健壮苗实的褚亚芳，非常喜爱这项工作，充满自信，边学边做，耐劳勤奋，担当起全镇沿海防护林建设和农田林网建设以及绿色村庄、绿色小城镇的绿化造林重任。

平湖地处把浙江分为南北两块的钱塘江出海口北岸，孙中山先生生前制定的东方大港，就在平湖乍浦镇西到邻县海宁的澉浦镇。闻名世界的浙江潮奇观，就在此处起步。所以，沿海防护林带的巩固增强发展，是省市农林科技的重大工程。在市局及镇党委政府的领导下，经过褚亚芳的努力，新埭镇顺利通过了省沿海防护林建设工程的验收考核,实现农田林网化。使原来新埭镇的探花村获得"浙江省绿色村庄"称号,新埭镇荣获"浙江省绿色小城镇"称号。褚亚芳个人的"常绿树种在平原绿化中的推广"项目,获嘉兴市农业丰收奖二等奖;"笋用竹早出高产栽培技术"科技项目,获得嘉兴市科技奖三等奖。先后在《嘉兴农业》上发表论文3篇。其中《实现平原绿化高标准　为农业生产服务》获得平湖市科学技术协会优秀论文三等奖。

褚亚芳在农技站林技员岗位上,从1991年到1999年,这近十年的奋斗,在她的人生旅程上,是个重大的转折点,她的芳华岁月已趋成熟。正在这时,全国各地各单位评职称之风正掀热潮,农技站也不例外。领导和同事都认为褚亚芳按照评定标准,定会评上中级职称。谁知碰上乡镇合并,机构精简,褚亚芳被调到镇文化站。不单中级(相当于大学讲师级)职称落空,而且工作性质从"物质文化"转入到"非物质文化"单位,一切从零开始,那文化站又被人说是"清水衙门",好心人都替她惋惜。

(三)

就在褚亚芳转岗位时,由全国妇联主管、《中国妇女报》主办的《农家女百事通》杂志,向全国征集农村创业方案的征文稿,有个醒目的标题:"给你5000元! 你能干点啥?"真够震惊农家女的心噢! 褚亚芳刚写完草花栽培小结,她认认真真把这小结反复修改好，取名《盆栽草花栽培》寄了去。没想到过不多久，就收到回信，真够大惊大喜的！她的创业方案在全国900多份方案中脱颖而出，获得大奖！2000年12月8日，平湖市妇联为她买好车票，送她代表家乡浙江踏上开往北京的列车。她和来自河北、湖北、甘肃、云南、内蒙古、黑龙江等各省的九位获奖者，一起登上"全国十佳青年创业方案设计大赛"的领奖台。

褚亚芳在首都北京，还有件难忘的事：全国妇联副主席华福周和教授、作家吴青作为领导、顾问亲临现场。吴青主动和她合影，关心地问她的家庭生活，鼓励她多练笔向文学方面发展。改革开放之初，有部用小说《城南旧事》原名摄制的影片，从开头到结尾，时响时隐贯串家乡平湖城中南东湖墩上，中国当代最伟大的艺术大师李叔同——弘一法师莲花型纪念馆幽幽飘出使人魂牵梦萦的《送别》：

> 长亭外
> 古道边
> 芳草碧连天
> ……

小说的作者林海音，在海峡对岸中国宝岛尊为"祖母作家"，在海峡这岸祖国大陆也有位"祖母作家"，就是吴青大姐的母亲冰心。褚亚芳上小学时就非常喜读冰心的名著《寄小读者》，她和吴大姐合影时，欣喜得眼眶溢满泪水，她联想连

翩,念想生她养她的平湖,新埭,丰收,母亲和父亲,母校和老师,乡亲和同事,引发浓重的乡愁,想马上见到他们,把自己的喜悦和他们分享。

为家乡争得光荣,获大奖的"十佳青年"的农家女载誉归来了,家乡温馨亲切地迎接她,市电视台当即用新闻视屏向全市观众报道,接着安排《小城故事》专题片的拍摄,介绍这位农家才女。嘉兴报、平湖报都详尽报道她的事迹。褚亚芳有时走在路上,被人认出对她笑盈盈说:"呀,你是种花的姑娘啊! 电视里看见过你。"

褚亚芳这篇文章在《农家女百事通》杂志刊登后,全国各地姐妹们的信件像雪片一样朝她飞来,向她讨教和致敬。她的创业方案不仅仅停留在纸上,还付诸行动。2001年栽种草花一万多盆,分别销往平湖建党八十周年的广场布置、嘉兴"心连心"演出场地的环境布置、南北湖旅游景区、海宁火车站等。在草花栽种的过程中,褚亚芳在杂志编辑的鼓动下,写出散文《创业在路上》、诗歌《什么也不想》、技术性论文《用河泥作基质扦插草本花卉新技术》,都发表在《农家女百事通》杂志上。为此,记者发表《小街曲巷女花王》赞美她,还使她成为《农家女》杂志的封面人物。

也正是《盆栽草花栽培》创业方案设计,使褚亚芳斩获了

"全国十佳青年"的殊荣,奠定了她从物质文化跨入非物质文化圈的一块稳固的纪念石。

（四）

学校九年,农技站十年,褚亚芳的文字,评论家赞以"朴素洗练,流畅自如,通俗易懂",是江南水乡农家女特有的风貌。她对文章主题思想的把握和结构能力,已有多篇获奖作品来说明。褚亚芳很幸运,在新的工作中,结识了中国民俗学会会员、浙江省民间文艺家协会理事金天麟研究馆员,平湖市民间文艺家协会主席、平湖市非物质文化遗产保护管理中心姚国权主任,嘉兴市群艺馆许德华老师,平湖市文化馆张玉观老师、张德贤老师、李雪良老师等热爱家乡非物质文化事业的专家,他们真诚指导辅育这个新兵。他们使褚亚芳明白了这个事业的重大意义:抢救家乡逐年湮失的丰富、珍贵、独特的非物质文化遗产,它包括的内容浩大丰富灿烂多姿,涉及民俗学、方言学、历史学、方志学……这事业需要有志的专业人员不求个人名利,不嫌清苦,不怕烦琐,持之以恒的毅力,充满对事业的多情、深情、激情的胸怀。

工作需要褚亚芳串村访户,进行社会调查,找不同年龄不同经历不同特长的对象拉家常,了解他们的生活状况、要求和希望。收集民间故事、泖田山歌、谜语、游戏以及泖水谚语和泖水方言。这项工作,她早在当村报道员时就打下基础,越做兴趣越大,几年来记满十几本采访本。做好新的工作,她充满信心,第二年,即 2001 年就写出《平湖的土布文化》,被国家文化部社会文化司汇编入《文化大视野》合集。这是褚亚芳开创非物质文化事业的第一篇论文。第三年她第二篇论文《小康社会建设　呼唤非公有制企业文化的开发》,荣获中国群众文化学会全国一等奖。省文化厅称为"小城镇大文化示范样本",在全市乃至嘉兴地区引起轰动。

　　褚亚芳开始学写散文。她采访到一朵"雪蕾",写出她第一篇名为《雪蕾结硕果》散文,没想到被"新世纪之声"举办的《中华颂歌》授予银奖,奖状是人民日报出版社、中国作家杂志社、中国文化报社等六个单位联合发给。"雪蕾"是蘑菇的一个品牌名称。地球各处都长蘑菇,品种有三百多。我下放康藏雪乡当兵那年,当夏天来临,遥阔无边的平坝托起如茵的绿草,洁白如雪形似婴儿小手,牧民老乡称"白菌子",和雪原最早盛开的红、黄、紫各色格桑花,把海拔五千米的大地,装缀出无与伦比的美景。当时正值党的八大召开,藏民作重大的献礼。专家们评它是中国大陆上最好的蘑菇。半个世纪过去了,在改革开放的热潮中,战士顾在良复员回归故乡,试种一种菌子成功,注册商标取名"雪蕾"——平原人工培育的白菌子,建立成浙江省农科院食用菌试验地,这里也成为浙江省面积最大的食用菌生产基地。

　　遗憾的是,创业初成的顾在良不幸在车祸中丧生,他的妻子曹爱珠在伤痛中挑起丈夫遗下的重担,继承遗愿,奋发图强,"雪蕾"在继续发展。褚亚芳和曹爱珠被乡里称是闺蜜,她在"中国移动杯"女性创业故事征文中,满怀同情和敬

意为曹爱珠写的《风雨过后现彩虹》，被评委赞为最具感染力
的女性创业故事。感动了众多乡亲，传为佳话。此作也是她
第一篇叙写个人情愫的散文。有人写了首诗：

> 农家女褚亚芳
> 做一行爱一行
> 爱一行钻一行
> 行行成绩都辉煌

最有说服力的，莫过于成绩的数量和质量。褚亚芳在新
纪元开始调到镇文化站，担任社会事业服务中心党支部书
记、文化站长七年，担任镇文联常务副主席至今九年。她在
群众文化事业上，获奖状共 192 张。最多的 2014 年得到二十
张。奖状的种品，真可说是诸花齐放：

有论文，新故事，纪实文学，抒情散文，小剧本，戏曲，诗
歌，铙子书等体裁。奖项有全国的"群星奖"、省级的"首届乡
镇街道文化员才艺大赛综合优秀奖"、嘉兴市"十佳文化站
长"、平湖市"十佳幅国建功标兵"、"优秀农村工作指导员"、
"政协文史工作先进个人"、"学习型优秀党员"、新埭镇"五型
干部"……最令人惊奇的是，她并不精于摄影，也不会打太极
拳，却拍摄一张 300 人场面弘大清晰的《全民太极拳展演》照
片，在全省文化礼堂摄影比赛中荣获"金奖"。还有个奖也值
得说说的"龙旗龙伞舞"，参加韩中国际"木槿花奖"音乐舞蹈
艺术大赛，获得舞蹈类最高奖和组织金奖。第二年，在台湾

地区举办的"阿里山杯"音乐舞蹈合唱艺术盛典上,再获舞蹈类最高奖和组织金奖。

　　乡里说她成了"得奖专业户",为农家争来金钱买不来的光荣。

中文国际电台直播采访褚亚芳

（五）

　　公路没修通之前,从新埭去县城只能乘机器脚划船(能乘二十多人的乌篷船),二十七里水路,机器船走一半路时,船夫会高喊一声:"鱼圻塘到啦!"我急忙探出头朝岸上望,想看看那大蜡烛到底大到什么个样子。可我小学没毕业就移居他乡,岁月已把我送进耄耋之年,连那大蜡烛的照片形象,也没见到过。不久前终于在褚亚芳的《大蜡烛庙会》一书的封面上见到了:有一位年轻母亲挽着小女儿傍着它,高度刚到它腰部,其腰围大汉都抱不住,它重量一千余斤。这本书是平湖市非物质文化遗产保护中心请华夏出版社出版。翻看这本近十万字的书，才知大蜡烛是屹立在刘公祠中，祭奠一位古代戎装的塑像——抗金英雄刘锜。刘将军捍卫沿海海岸线，并消灭残害百姓的海匪强盗。将军还指挥军民合力疏浚泖河，使家乡的水利完善，百姓丰衣足食。

鱼圻塘村受益最大，远近百姓自发集资建造一座刘公祠，并制作世上从未有过的大蜡烛，表达对刘公的崇敬和感恩。每年重阳节，在鱼乡戏苑的大舞台上连续演出三天，威风大锣鼓震天动地，寄托代代子孙对刘公的深邃怀念。这光辉的传统已延续八百多年。

褚亚芳向中央电视台文明密码栏目记者介绍大蜡烛文化

书作者褚亚芳，曾是鱼圻塘村农村工作指导员，主编新埭镇第一张村报《鱼圻塘报》，还承担为历史意义重大的大蜡烛申报基尼斯纪录的任务，2005年获得成功，使该大蜡烛以最粗最重的特色进入"大世界吉尼斯之最"纪录。已获AAAA的平湖旅游点，自此又添一历史意义耀眼的景点。鱼圻塘村常涌来中外游客。《大蜡烛庙会》成了旅游指导手册，景点的热门宣传品。

褚亚芳当文化站长时,在上级主管部门和镇党委镇政府的领导下,策划开展七届泖水文化节,主编《新埭文化》16 期,《泖水文化研究会刊》13 期,争创了浙江省东海文化明珠乡镇、省体育强镇、省特级文化站、省公共文化服务试点站、省基层文联先进乡镇,嘉兴市特色文化乡镇,嘉兴市公共文化服务示范镇。2016 年她辞去站长,现仍被选为镇文联常务副主席,担负着《新埭文化》和《泖水文化研究会刊》的主编工作。她希望有较多时间和精力做自己最想做的事,就像 2008 年她把在这十多年储藏在记录本里的素材,汇编成一本集子。这就是她第一本著作《泖水风情》。她的指导老师们非常支持,非常高兴,认为这本著作将证明这个普普通通、仅有当年紧缩了的九年制高中毕业学历的农家女,已趋成熟。导师金天麟为她作"序",导师姚国权为她作"跋"。被作家出版社列为非物质文化遗产专辑,赞誉是民间文学中的一朵"奇葩"。全书 22 万字,精美的排版 376 页。包括泖水风俗、泖水方言、泖水谚语、民间谜语、民间游戏、民间故事、泖田山歌、泖水风韵、民间艺术调查,及记下日寇在泖水两岸的家仇国恨永世不忘的血债!书的封面是古镇新埭临河的绿树和民居相映的照片,朦有亲切乡情的光泽。托在远客异国他乡的游子手上,激起浓重的乡愁⋯⋯

文学是人学。文学作品源于生活,高于生活,生活真实要提高到艺术真实。所以,人们被生活中的模范感动,更喜欢艺术塑造的形象。今天,褚亚芳向读者捧出第三本"平湖市第十轮'文艺精品'战略创作"签约作品——《陌上之花——泖水文化优秀论文选》,留下了她从事文化工作十多年的一份珍贵纪念。我们期望,已具有文学写作基础的褚亚芳,将会在今后的散文、小说中,塑造一个又一个农家女美好的形象。相信不久后,我们就会见到这农家女的第四本著作,这本集子该命名——《农家女》。

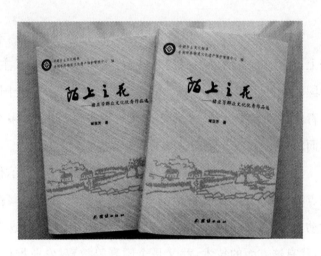

(2018年新春于澳大利亚墨尔本,为褚亚芳著的《陌上之花》作代序)

在北京领奖的日子里

褚亚芳

2000 年 12 月 8 日，我作为一名普普通通的农家女，有幸登上了全国妇女活动中心的领奖台，获得由全国妇联主管、中国妇女报社主办的《农家女百事通》杂志社举办的全国"十佳青年创业方案设计"大奖。这天对我来说，是一个多么难忘而值得纪念的日子啊！

回想几年前，当我看到该杂志上刊登"给你 5000 元，你能做点啥"创业方案大奖赛活动时，我有点跃跃欲试的兴奋和激动。因为在此的上一年，我正在搞"盆栽草花栽培"这个项目，我有这方面的技术，我又是全国高等教育《农业推广》专业自学考试的优秀毕业生，有一定的理论基础，这就是良好的内在因素。当时，外部的大气候也正需要搞农村产业结构调整，引导农民走勤劳致富的道路，更何况随着人们生活水平的提高，用盆栽花卉绿化、美化环境也越来越引起社会各界的重视，应该有广阔的前景。

我这样分析，就决定着手起草《盆栽草花栽培》的方案去参赛。方案很快完成，寄出后我倒不抱获奖的希望，因为全国范围之大，参赛方案之多，是否评上也不放在心上。

　　大约过了两个月，我意外地接到了来自北京的电话。通知我在900多份方案中，经创业方案大奖赛办公室本着"公平、公正、合理"的原则，初评出20份方案后，又经5位专家组评委会按照"可行性、创造性、推广性、持续性、可信性"的标准进行评估打分，我的方案获得了前10名！并很快收到了赴北京参加颁奖大会的邀请书。

　　我获奖的消息传开后，我们平湖市妇联和新埭镇党委政府都十分重视此事。市妇联主席陈晓苏专门为我买好了去北京的火车票，还为我准备了一些常用药品，并嘱咐我一路小心，注意安全。后来，镇妇联组织村妇女主任赴山东寿光参加全国妇联举办的

农业高新技术培训班学习，也让我带队前往。当时，我怀着无比喜悦的心情，登上了开往北京的列车，作为一名农家女我是平生第一次一个人出远门。7日来到杂志社，编辑苗大姐亲切地接待了我，接着谢主编及杂志社的人员一个个原来只在杂志上熟悉的名字，一下子出现在我的面前。谢主编是那样的和蔼可亲，平易近人，使我没有一点拘束感，大家又是问寒问暖，又是倒茶端水，使我有一种如归到了家的温馨感。

　　8日上午，我和来自河北、甘肃、云南、黑龙江……天南海

北的 10 名农村青年,来到富丽堂皇的全国妇女活动中心,参加颁奖大会。会上,全国妇联有关领导出席了会议,该杂志社的顾问冰心的女儿吴青女士发表了热情洋溢的讲话。我接过有中国劳动社会保障部农村培训就业处王处长颁发的"十佳青年创业方案设计大奖"的荣誉证书和 5000 元奖金,面对全国十几家新闻媒体的镜头和记者的采访,我难以抑制无比激动的心情,一种幸福感和成就感油然而生。我知道,这是《农家女百事通》杂志社对予我的《盆栽草花栽培》方案的鼓励和肯定,也是对于我一名普通农家女的信任和关爱。

颁奖大会后,我们和全国妇联副主席华福周,教授、作家吴青等有关领导和杂志社的人员合影留念,留下了难忘的瞬间。下午杂志社还专门安排我们参观了"锦绣大地"现代化观光农业园区,使我们这些农家女领略了高科技给农业生产带来的无穷魅力。那一排排整整齐齐排列的小瓶子里秧苗碧绿,那是组培车间;那喷着水雾,上层蔬菜生机盎然,下面

褚亚芳在全国妇女活动中心留影

水池里鱼儿畅游的是立体种养模式；那一头头大如小山，体重达1吨的是用胚胎培养的无角无脂肪肉牛；那竞相开放，艳丽多姿的是彩色马蹄莲等名贵花卉……

9日一天，我们团团围坐在中国科学院植物研究所高新一教授及中国特种养殖开发委员会陈幼臣常委身旁，提出各自在创业方案中碰到的难题，两位专家利用一整天时间不知疲倦地为我们这些最普通的农家女一一解答问题，和我们共同探讨创业的思路，还为我们带来了二十一世纪十五计划产业GAP(绿色食品)的最新信息。

"送你一颗果子只能受用一次，送你一粒种子可以受用一生"。杂志社给了10名来自全国各省市自治区不同民族的获奖者资金和技术这颗沉甸甸的"种子"，现已播种在祖国天南海北每一块肥沃的土地上，发芽、生根、开花，结出累累的硕果。

(刊于2006年《嘉兴日报》闲情烟雨-我的故事栏目)

大西北农家女的风采

褚亚芳

在 20 世纪行将远去、新世纪的曙光行将绽露时。我有幸去北京参加了《农家女百事通》杂志社召开的"全国农村青年创业方案设计大奖"的颁奖大会,其中和我一起获奖的甘肃农家女万桂兰,给我留下了深刻的印象,至今难以忘怀。

万桂兰,四方的脸庞,炯炯的明眸中闪烁着智慧的光芒。她外穿一套蓝色的牛仔服,里着一件红黑白黄相间的彩格毛衣,高大的身材,就像抵抗大西北风沙的一棵白杨树。粗犷中露出一种洒脱,豪爽中透着一种男子汉的气魄。她坐了三天三夜的火车,带着几分旅途的疲倦,风尘仆仆地从遥远的大西北来到了祖国的心脏——北京。

我们怀着激动喜悦的心情欢聚一堂,就如久别重逢的亲姐妹彻夜长谈。交谈中,我了解到万桂兰因哥哥娶媳妇,家里欠下了沉重的彩礼债使她失学。她没有抱怨命运对她的不公平,每天和父亲去河滩拉沙,拚命地干活还债。但学习成绩一向优异的她,始终怀揣着上大学的梦想。终于有一天,在城里的亲戚家无意间看到一摞自学高考的书籍,她的眼睛突如闪电一般,心猛地被揪住了!对,参加自学高考是实现大学梦便捷的阳光大道,这真是踏破铁鞋无觅处,得来全不费功夫。二个月后,挺着大肚子的万桂兰,走进了自学考试的考场,学起了法律专业。

然而对于一位到了而立之年、只有初中程度的农家女来说,要学好14门大专必修课,谈何容易?单一门哲学,什么叫"运动"、"发展"、"对立统一",就如天书一般,但强烈的求知欲驱使着桂兰。为了抓住零碎的时间学习,她在炕头灶前、窗户门板上全贴满了写着学习笔记的旧年画,就是在胳膊上每天也写上一个名词,可随时学习。有时碰到难懂的句子章节,就几遍几十遍地反复读、反复理解直至通宵达旦。通过五年如蚂蚁啃骨头般的学习,她终于拿到了自学考试法律大专、本科两张毕业证书,评上了"首届全国自学高考优秀标兵"。她用自学的法律知识帮助周边乡亲解决了几十起民事纠纷,成了远近闻名的土律师,还在全国报刊杂志上发表了百余篇文章。

为了改变家乡"羌笛无须怨杨柳,春风不度玉门关"的贫穷落后面貌,桂兰通过实地调研,酝酿设计了《一头奶牛工程》的创业方案。经专家点评,这个方案属一般养殖业,这类方案很多,但她的题目起得好,一头小一头大很有学问。一头让人想起三峡、核电站等国家大型工程,一头让人联想到一只鸡、一只兔之类的小动物。这是因为她多年来勤奋学习,积攒了深厚的文字功底,才使知识转化成一种能力,一种优势,才使她在全国900多份方案中脱颖而出。

万桂兰,一个昔日见了生产队长都低着头走路的农村妇女,通过自己顽强的拼搏,终于扬眉吐气地登上了"全国十佳青年创业方案设计大奖"的领奖台。

万桂兰,一个大西北贫困地区的农村妇女,披着大西北的尘沙,带着黄土地的芬芳,用知识武装了自己,改变了命运;用知识实现了从传统农家妇女向当代农家女的彻底转变,展现了当代知识型农家女的熠熠风采。

(2004年11月发表于《嘉善文化报》,12月发表于《婺星》杂志)

创业在路上

褚亚芳

2000 年 12 月 8 日是值得我纪念的日子,作为一名普普通通的农家女,我有幸在"全国妇女活动中心"登上领奖台,获得《农家女百事通》杂志社举办的全国"农村青年创业方案设计"大奖。从北京回来后,我一下子成了新闻人物,平湖电视台、嘉兴电视台、报纸等竞相报道,但我觉得自己并没有什么,我仍旧是我。当然我会尽自己的一切努力朝成功的方向前进,并希望能如星星之火,带出一批种花专业户来,在当地形成一个种花致富的行业。

全国十佳青年创业方案获得者褚亚芳

我2001年2月18日开始育苗以来,在4个多月的时间里,一面忙于工作,一面利用休息业余时间把握育苗技术环节。我经历了许多艰难曲折,克服了种种困难,也从中获得了些许体会经验,领略到鲜花烂漫的慰藉。

因为我的"盆栽草花栽培"的方案原计划5月份播种,为了赶上建党80周年用花,所以我提前了三个月时间着手育苗。反季节育苗确实难度很大,主要是对温度的控制难以把握。2月份我按方案的计划进行操作育苗,为了保温又增加搭建了一个小拱棚,外面又建了个大棚,进行双层保温育苗。可江南水乡2月份的天气温度极不正常,有时艳阳高照,有时又风雨交加。而这时我的草花正在破口发芽,需要稳定的温度,最好保持在20℃左右。没有电热设备,我就土法上马,用电灯泡加温,而有些花草又是短日照的,怕光,我就用墨汁涂抹在灯泡上,还在灯头上罩了只锅盖,经过努力育苗,这一关总算闯了过来。

褚亚芳和母亲一起在花棚

1—4月这一段时间,我被抽到市里搞人口普查编码工作,每天早出晚归,没有时间兼顾盆花的种植管理,结果3000株一串红因苗期水分过高,又加栽种方法不当,得了疫病而全部死亡。幸亏我的孔雀草有金色的、深桔红色的共4000盆安然无恙。我又进行扦插繁殖了10000多株,摸索出用河泥作基质,快速培育扦插草花的新技术。

经过3个多月的忙碌劳累,我的花卉在建党80周年前夕如期开放,鲜艳夺目,花头整齐一致,可以说是光彩照人。看到的人没有一个不称赞的,连嘉兴栽种几十万盆苗圃的老板也连连夸赞,说比他们培育得好,既矮壮又花多。

花儿真美,我自己看到这些花也发自内心的高兴,但麻烦事还在后头,出售成了我最伤脑筋的事情,嘉兴电视台得知后专门拍了《女友故事》进行宣传。我在5月份就去有关单位联系花卉销售,我了解到我们平湖市搞西瓜灯节,需要草花3万盆,嘉兴搞"南湖船文化节"、心连心文艺演出需要花卉30万盆,但他们大多到杭州购买,我的区区几万盆花却卖不掉。没有办法,我只好求助于我们的镇党委政府及妇联,在有关领导和市林业站领导的帮助下,我的花卉得以全部销售出去。然而,在栽花过程中,我还经历了一场让人惊心动魄的灾难。

那是6月中下旬,我们杭嘉湖地区进入了梅雨季节。6月9日卖掉2800盆,6月21—26日,连降暴雨。6月25日我和家人冒着大雨又卖掉2500盆。此时,小河里的水已经淹没了低田,河面变宽了,河水不断漫过一条条田岸,向高处的田块涌来,雨没日没夜地下着。26 日终于越过了警戒线,向我的花棚冲来,我两个花棚里的几万株草花全部被淹没,一下子成了一片汪洋(幸亏盛开的 2500 盆花于 25 日冒雨卖出),为了抢救这些自己辛辛苦苦栽培出来的小苗,我冒雨组织力量抢运,父母亲帮助借来了一批床架,把一盆盆草花放到床架上,把 5000 盆栽种好的草花全部从大水里抢救出来,但育苗的进口泥炭被水冲走了,1000 株一串红,2000 株鸡冠花,还有 2000 多株美女樱和一部分孔雀草由于大水的浸泡,全部烂掉,损失惨重。

大水退去,我保住了已栽种好的鸡冠花 1750 盆,一串红 1200 盆,孔雀草 2000 余盆,及 10050 盆小苗。27 日雨止天晴,出梅又进入了高温,从原来的 22℃左右急剧升到 38℃,一串红得病了,又陆续死去了一些,通过防病基本控制病情。有记者问我,去年花卉生产效益如何? 我说:"去年虽遇上大灾年,但收入比种粮棉还是强多了。"

自方案获奖后,特别是赴京领奖回来,我觉得我的行动不只仅仅代表自己,我已经是《农家女百事通》这个大家庭中的一员,我的一举一动已代表着《农家女百事通》的形象了。所以,在我栽培草花的过程中,有人向我求教,我总是毫不保留,乐于助人。兄弟乡镇为迎接省卫生城镇的创建,为农函大的上课,都邀请我去讲盆栽草花技术课,我都没有推辞。记得当湖镇科协邀我去上课时,我正在患重感冒,喉咙痛得开不了口,又赶在参加函授本科入学考试前夕,但我仍坚持去了,给大家留下了一个良好的印象。

　　最近，我们平湖电视台播放了当湖周刊《人在旅途》专栏，大家看到我栽培的花卉，都夸奖我，市妇联陈晓苏主席在考察我的花圃时咏诗道："十指纤纤育芬芳，小街曲巷女花王，缤纷棚内千株秀，缘自亚芳一瓣香。"其实我只做了一些应该做的事情，如果要说我还行，那应该归功于我们的《农家女百事通》杂志社，是杂志社鼓舞着我，给了我创业的信心，我只是千千万万农家女中的一个缩影，是滔滔大海里一朵小小的浪花而已。

（2001 年 6 月刊于全国《农家女百事通》杂志）

带着理想和目标努力前行

——记全国"三八"红旗手获得者许连英

褚亚芳

许连英,女,1963年8月1日出生,曾任平湖市新埭镇妇女联合会主席,现为新埭镇总工会专职副主席。于2000年荣获浙江省首届"春蕾工作先进个人",在2002至2008年七年中,有两年被嘉兴市妇联评为妇女工作先进个人,五年所在的单位新埭镇妇联被评为嘉兴市妇女工作先进集体。2009年12月许连英在众多优秀的妇女工作者中脱颖而出,一举荣获了由全国妇联颁发的"三八"红旗手金质奖章。

三八红旗手许连英(右)

慈心一瓣　大爱无疆

世上有一种爱被人赞颂,这种爱可以让人每时每刻都感受到它所带来的温热。这种博大无私的爱,就是母爱。母爱似温热的太阳,奉献着她的光芒;母爱似辽阔的海洋,袒露着她宽广的胸怀;母爱似肥沃的土壤,哺育着儿女茁壮地成长。新埭镇妇联主席许连英就是这样一个怀着慈母般的大爱,如涓涓细流汇成江海,点点滴滴的关怀着贫困孩子的上学和成长。

早在广陈镇政府工作的时候,许连英就带着一颗火热的心,全力以赴地投入到了扶贫帮困、结对助学的工作中。她抓宣传,搞发动,订计划,促落实,一系列工作在她所在的广陈镇轰轰烈烈、有声有色地开展着。通过结对助学、扶贫帮困的形式,将12名家庭特别贫困的学生列入结对助学的行列,给他们资助学费、生活费,使他们不因贫困而中途辍学,顺利地完成了自己的学业。

2001年许连英调到新埭镇工作后,她仍然将扶贫帮困工作作为自己的硬任务来抓紧抓好,在全镇又组织、发动、寻找到了20名贫困学生结对助学。如2004年,该镇姚浜村一名叫黄利的女同学,在西安理工大学读书时,因父亲肢体残疾不能工作,又有弟弟同时上学,而造成家庭一度贫困,有辍学的可能。许连英得知这一情况后,主动和她结成对子,每年资助一定的学杂费、生活费,并经常教育、培养她自强不息,在艰难的生活中要学会坚强。黄利同学受到鼓励后,更加刻苦学习,努力接受艰苦生活的考验和磨练,在大学期间发奋努力,后以优异的成绩考取研究生。如今,黄利已在杭州工作,建立了幸福的小家庭。而她每次回家总要到许连英的办公室坐坐,亲切地叫一声"许阿姨",就像孩子对待自己的母亲一样,叙述一下工作、生活中的喜悦与快乐,以表达她对许连英无限的谢意。

"扶贫帮困,结对助学"这项工作,许连英已经连续做了十多年,十几年来她踏实工作,风雨兼程足迹踏遍全镇的每一个角落,辛勤的汗水浇得百花盛开。她所在的乡镇没有一个因贫困交不起学费而失学,使那些贫困学生和普通孩子一样,在同一片蓝天下共同沐浴阳光的温暖。看着孩子们茁壮的成长,她如慈爱的母亲收获着甜蜜的微笑。

和风细雨　润泽民生

维护妇女合法权益,特别是切实为广大农村妇女排忧解难,让该群体的妇女维权从传统转向理性,全方位解决她们的生存权益和保护发展问题,并运用法律武器,建立健全维权网络是新埭镇妇联主席许连英又一个全新的工作目标。

平时,许连英在做好日常工作的同时,更注重工作创新,针对新埭镇非公企业发展迅猛,女职工成为生产主力军的现实状况,她想方设法组织健全了非公企业妇女工作网络。在全镇 166 个非公企业中全部组建女职委,实现了全镇纵向到底,横向到边,条块结合的工作网络,扩大了女职委工作的覆盖面。2007年又在全镇非公企业中设立了58个"姐妹维权岗",切实为广大农村女职工办实事,做好维权工作。她认真仔细的工作态度和优良作风,就像春天里的和风细雨,润泽着全镇农村妇女渴望的心灵。

许连英,是一名光荣的人民陪审员。在开展妇女工作时,她时刻以一名人民陪审员的身份,倾听妇女姐妹的心声,努力为妇女姐妹的维权鼓与呼,认真履行妇联维权的基本职能,竭力维护妇女姐妹的合法权益,切实解决她们在实际工作、日常生活中遇到的各种困难和问题,积极配合有关部门,妥善处理了侵犯妇女儿童合法权益的案例63起。多年来,新埭镇的几家私营企业因业主经营管理不善,企业倒闭,业主拖欠职工工资后外出避债,许多女职工辛辛苦苦挣来的工资无法兑现。她得知情况后,主动与有关部门联系,引导她们通过法律手段依法提起诉讼。共有300多名女职工以劳动仲裁、诉讼等形式,共为她们讨回血汗钱121万元。

本镇妇女费某因夫妻感情破裂和丈夫王某离婚,其女儿王婷婷判给费某,由丈夫每月支付抚养费500元。但2007—2008年应由王某承担的抚养费存入了银行,且设置了密码,而密码没有告知费某和女儿,女儿因此无法获取应得的抚养费。2008年12月费某向许连英反映情况请求帮助解决。许连英了解这一情况后,心情沉重,并当即毫不犹豫地与市妇联取得联系,决定申请法律援助。通过指派律师对王某进行深刻的思想开导和法律教育,事情很快有了转机。最终,王某承认了自己的错误,双方顺利地达成了抚养费交付的协议。像这样的事情经常碰到,许连英总是第一时间为妇女姐妹们给以完满的解决。

许连英真切地关爱弱势妇女群体,情系困难妇女群众,每年走访帮助困难妇女,鼓励她们克服家庭困难,鼓起生活勇气。每逢节假日总要走访贫困、弱势妇女群众,给她们送去一定的财物,让这些社会弱势群体渡过难关,感受党和政府的关爱和温暖。汶川大地震时,她带头将自己一个月工资3000元一分不留地捐给了灾区,并发动组织全镇妇女姐妹捐款捐物。

热爱土地　培育能人

五谷是土地之精血,土地是人类之温床;土地给人类以丰硕的赠予,人类在土地上繁衍生息。许连英生在农村,长在农村,工作在农村,她对生养自己的这片原野沃土有着深厚的情感,敦厚朴实的乡风更培育了她勤奋扎实的工作作风。三十年来春华秋实,她一如既往地对于在这片土地上劳作的妇女送去关爱和温暖,培育了一大批有文化、懂技术、会经营的新型女农民,激发了农村妇女创业致富新活力。

许连英为使广大农村妇女掌握先进的农业技术,增强她们适应工业化、城镇化、农业现代化的能力和建设新农村的本领。她多措并举,以帮助农村妇女创业增收为重点,帮助妇女更新观念,提高技能,实施层次化培训,积极推广专家培训女能手、女能手培训妇女技术骨干、技术骨干帮带妇女群众的放射式培训模式,培育适应新农村建设需要的新型女农民。在她任新埭镇妇联主席期间,共举办各类农业技术培训123 场次,培训妇女 1 万多人次,培养种养巾帼女能手 12 名,引领带动出科技示范户 330 户。

如平湖市雪花农业产业园业主曹爱珠,就是许连英精心培养的新农村致富巾帼女能手之一。曹爱珠承包土地 60 多亩,其中蘑菇种植 15 万平方尺,珍稀菇种植 17 万袋,总投资达 200 万元,年生产蘑菇、秀珍菇 2000 多吨,年销售收入 130 多万元。由于创办的"平湖雪花产业园",当时属于浙江省最大的食用菌生产基地,也是浙江省农科院食用菌中试基地。所以,她的丈夫在蘑菇的同行中被人称为"蘑菇大王"。可"天有不测风云,人有旦夕祸福。"2006 年 3 月一场突如其来的车祸,夺去了她丈夫年轻的生命,面对他突然撒手撇下的这一大个基地,曹爱珠感觉像天塌了一样,是放弃还是接管蘑菇基地? 在不知所措中,陷入了一片迷茫。就在她最痛苦、最需要人帮助拿主意的时候。许连英向她伸出了援助之手,给了她希望和力量,使她擦干眼泪在磨难中学会了坚强,挑起了接管雪花产业园的蘑菇种植基地,成长为一名当地首屈一指的种植女能手,还荣获了嘉兴市"巾帼女能手"的称号。2008 年 6 月 9 日—19 日,曹爱珠还有幸赴北京农家女学校参加了为期 10 天"日本利民工程项目,全国农村妇女参与市场经营培训班"的学习。通过学习使她了解了外面精彩的世界,更加开阔了眼界。

　　许连英为想创业的女农民申请贴息贷款,寻找经营项目。经她扶持帮助后成为女能手的还有牌楼村的蘑菇种植女能手蒋瑞英、旧埭村的水产养殖女能手陆余珍等。使这一大批农村妇女从原来只围着锅台转,到投身到农村广阔的天地里,实施自主创业、自力更生、自强不息,华丽转身为致富女能手,这一切撒播了许连英的一路汗水和辛勤付出。但许连英,对自己在工作中做出的努力,从不宣扬,夸夸其谈,面对荣誉,她也从不沾沾自喜。她常说:"作为一名乡镇干部,作为一名共产党员,应当始终坚持自己的一个准则,为人、办事,但求心中无愧!"

　　人,不能没有理想;工作,不能没有目标;把理想和目标定位高一点,用力去跨越,就是一种成功。许连英凭着对新农村建设妇女工作的无限忠诚和执着追求,用一个共产党员特有的情和爱,带着理想和目标努力前行,用真情和汗水谱写了一曲动人的敬业之歌。

(刊于 2017 年《新埭文化》第 24 期)

"傻姑娘"的职场三部曲

褚亚芳

一位年少时就有理想当作家、诗人或记者的"傻姑娘"，长大后在农村当了十四年村官后，竟如愿以偿地当上了记者；而在记者这个岗位上，正做得风生水起的时候，却又历尽艰辛去当了一名律师。这位名叫杜利花的"傻姑娘"，出生于浙江省平湖市新埭镇泖河村。

司法干部杜利花

当她捧到优秀共产党员的证书，又被评上嘉兴市优秀法律工作者时,竟激动得热泪盈眶地说:"幸福来得太突然!"

当村官似一场初恋

杜利花,1973 年 5 月出生于江南水乡的泖水岸边。18 岁时,年纪轻轻就当上村妇女主任,这在别人眼里是一个求之不得的职业,但在她内心深处却是有点抵触的。因为她的性格、处事方式、待人接物等与官场有点格格不入,可以说她是一个有"争议"的人。

她从一开始参加会议时,总是怯生生的低着头,到不久后就感觉有不对劲的地方时,就去分析研究并提出建议,率先第一个去实施时,村里人都对她刮目相看了。

如村里每次开会,原本通知下午一点半召开的会议,一直要拖到二点半才开始。她把工作的内容讲了一遍,然后主任讲几句注意点,书记又强调几点,散会的时间总是很晚。参加会议的成员就有屁股坐不住的,有人或在下面开小会。杜利花就想尽快找出对策,来改变这种会议拖拉,效果欠佳的境况。

经她调查,掌握了问题的症结主要:一是参加会议的人,迟到早退现象突出;二是一个会议几个人讲的内容基本雷同,造成听的人厌倦;三是会议时间一长,就造成"上面开大会,下面开小会"的现象。于是她就向村书记、主任汇报后提出,会上每人的发言时间应所有控制,内容要有所不同,尽量简单明了,直奔主题,她的建议还真得到了支持。

　　于是，她在妇女小组长会议上，采取民主表决的方法，制定出下午一点半开始会议，在一个小时内结束会议，然后留半小时讨论。同时她要求大家带着问题来开会，这样在会后的半小时讨论时，就能集思广益、讨论出解决问题的方法。如果连续迟到三次扣 1 分，年终考核评定与奖金挂钩。在村里的各条线中，她第一个开始实施。

　　到年底时，有个别习惯拖拉迟到的妇女小组长被扣分时，对她就有微词，说什么男组长迟到了好多次从不扣分，为什么我们要扣。她不亢不卑地说："惩罚不是一种目的，主要是希望大家都能遵守共同制定的制度。没有规矩，不成方圆。"

　　杜利花遇事喜欢刨根问底，并要求自己通过努力，去解决存在的问题，一直到满意为止。一次当她从镇医院对各村妇科病普查中得知，她们村的妇科病得病率比其他村明显高时，她就想方设法去解开这个谜团。

　　于是，她跟镇医院的领导联系，借用医院妇科病普查的资料，要对全镇的妇科病作一个整理、分析，按妇女不同的职业、年龄作一个整理，找出妇女得病的原因。随后就请教妇科方面的医生、专家，把预防和治疗的方法，形成了一份调查报告。由于资料太多，她请另一名妇女干部帮忙，两个人在医院足足呆了一个多星期。在后来的每次下企业、到农户家时，她总是顺带上这份调查报告，把本村妇女得病的数据，还有向医院要来的预防、治疗的宣传小册子进行发放宣传。

刚开始时，许多妇女都说她吓人，有点危言耸听。她就一次次不厌其烦地用身边的例子跟她们解释。当她多次磨破嘴皮地解释后，妇女们开始相信了，也注意预防起来。到第二年妇科病普查后，她又作了一次统计，惊喜地发现，比上一年得病率下降了10%。

受教育的不同，文化素质的差异，决定了每个人思想的差异。那时在大家对环境保护意识还不够强时，这个和上海市只有一河之隔的村，看到上海市漂染厂的污泥堆积废弃时，有人提出用来填塘田。杜利花说："这污泥肯定不是好东西，要不上海人介精明为啥不要？"大家笑她说：你就不懂啥叫废物利用。事后等到家家户户饲养的蚕宝宝，不做蚕茧时，才发现问题的严重性。

有一次，有位领导到村里做调研。临走前，忽然单独问了利花一个问题："先进个人和先进集体中选一个，你选哪个？"她竟脱口而出："当然是先进集体啊！"那位领导笑着说："傻姑娘，你有没有想过，先进个人将在今后的履历里，添上漂亮的一笔，而先进集体不能写进个人的履历中。"

杜利花在村干部的十四年中，她总是与众不同，喜欢寻找工作中便捷的方式方法。她勤于思考，喜欢记工作笔记，把工作中遇到的问题，解决的方法等，包括见面的人、当时的天气情况、时间地点都一一记录下来。她就这样傻傻地用人生中最美好的青春年华，换来了一场轰轰烈烈的职场初恋。

当记者似梦中情人

机会历来是青睐时刻做好准备着的人。杜利花在当村官时,就利用业余时间自学。2004 年通过了浙江广播电视大学《汉语言文学》的大专考试,拿到了毕业证书。2008 年 12 月,通过了法律本科的自学考试。2004 年 12 月,当她看到嘉兴市公安局《公安周刊》编辑部招聘记者时,她报名参加了考试。这一考,使她从一个村官,一跃实现了年少时想当一名记者的梦想。

可俗话说:"隔行如隔山"。利花此前虽也爱好文学写作,可如今写作成了谋生的职业时,她有点茫然了。幸好,同事和领导都对她很照顾,鼓励她多看《人民日报》《法制日报》上登载的新闻、通讯的写作格式和方法。可她明白,不能把别人对自己的照顾看作是理所当然的事。有经验人告诉她:"生活中从来不缺新闻,缺少的是一双发现新闻的眼睛。"利花就不断地从内部局域网上、各派出所等处寻找新闻,并不断地练习写作。

显然当记者的路并不是一帆风顺的,利花也有过挫折和苦恼。那就是当她第一次去采访平湖市的枪支案,同去采访的还有平湖报的资深记者。就在她的小文经过艰难地写作并再三修改后,快要登报的当天,那位同去记者的文章却已经见报了。就这样,她的处女作就无声无息地夭折了。经过这次的经历,使利花更明白了新闻的时效性,新闻工作竞争的激烈性。

于是,她的"傻劲"又上来了。一次,去海盐采访一个女诈骗犯,同去采访的有《都市快报》《青年时报》《法制日报》和海盐电视台等多家媒体的记者。该女诈骗犯利用自己亲戚位高权重的幌子,抓住受害人急于找到高薪职位的心理,在长达三年的时间里,欺骗了众多人,而被骗的受害人竟没有一丝的怀疑。女诈骗犯利用诈骗来的钱财,包养了一个老男人和一个"小鲜肉"。在采访过程中,女诈骗犯对作案过程的描述,竟是娓娓道来,满脸的自信和得意。对此记者们都感慨万千,唏嘘不已。晚饭后,大家建议去 K 歌放松一下,利花说她不喜欢 K 歌房的噪杂声。其实她只想对采访到的案件,一个人静下心来,抓紧时间作一次理性的分析后赶写稿子。

过了大半年,由于利花的笨鸟先飞,勤奋好学,赢得了领导的赞赏。把她从报刊组调到了对外宣传组,可她仿佛一下子心里又没了底。有同事悄悄告诉她,组里的杨老师很严格,但跟着杨老师能学到很多知识。不久在她的年终个人小结被杨老师改得面目全非,最终改了八次才尘埃落定。当利花看到经杨老师修改润色后的小结,变得活色生香时,她深深地领教了。

利花在杨老师的教导下,学到了很多知识,也积累了不少经验。后来当杨老师在她的小文上,直接写上:"同意外发"四个字时,她却傻傻地拿着稿子站在那里,杨老师问:"你还有事吗?"她鼓起勇气问:"杨老师,你是否没有时间,对我这文章再修改啊?"一直到杨老师当面告诉她:"我看过了,写的不错,无需修改。"这时,利花的心里是美滋滋的。

正当利花在对外宣传组进入角色,干得不亦乐乎的时候,她的命运之神又一次将她安排到电视组去。她有点急了,赶紧去找杨老师问:"杨老师,我是否犯错误了,你要把我调走?"杨老师和蔼地说:"你怎么有这么奇怪的想法?工作的调动是处里的人事变动,你去电视组是政治部主任亲自点名的。报纸讲究文字语言的精准性,电视用镜头表达视觉的冲击感。去锻炼锻炼,对你没坏处。"

原来领导上经过一段时间对利花的考察,认为她看问题的视角与众不同,在她身上有一种团队精神。她虽文笔不够老练,但文笔是可以锻炼的,她更适合做电视,于是利花就到电视组走马上任了。

和利花搭档的小葛,在同事们的口中是位公子哥,可在利花的眼中,他处事练达,科班出身,知识面广又健谈,正好弥补她自己的少言,在他身上有许多自己需要学习的地方。就这样,两个人配合默契,拍了一个又一个成功的片子,有的被《案件聚焦》等多个栏目组录用。

当然,做电视无论谁都有不顺利的时候。利花和搭档在拍摄过程中,就碰到过被采访者紧张得额头、手心都出汗,说话结结巴巴,拍摄了大半天的镜头,结果一个也不能用这样"晕镜"的情况。之后,他们每做一期节目,要采访或拍摄的内容,就多设计一个备案,以免再碰到类似的情况时,就不会措手不及。

利花体会到,报纸上的报道,只要你采访时够用心,基本能写出文章来。但电视则不一样，它必须有镜头，哪怕是过渡镜头，都必须由采访者亲临现场抓镜拍摄。而利花负责电视拍摄的范围，大多是与犯罪嫌疑人打交道。在时间上，拍摄工作根本没有定数，不论白天、夜晚，或是晴天、雨天，加班更成了家常便饭。

工作的事情顺利后，可接送女儿上学的时间根本无法保证，这成了一个非常棘手的现实问题。利花考虑再三，她感觉当记者就如梦中的情人，无冕之王的光环虽耀眼夺目，自己的内心终有万般的不舍，但还是不适合她。她就坦然地决定，放手换个工作。

当律师似知心爱人

杜利花手里有张全国《法律》本科自学考试的毕业证书，对她的再次择业，就多了一个成功的筹码。一个偶然的机会，使她成了嘉兴市东栅法律服务所的一名法律工作者。

这样既解决了她接送女儿上学的问题，又对她意外伤亡父亲久未了结的案子，这个一直萦绕在她心头多年的结，心中终于升起了一线成功的希望。她对自己暗暗下决心：我现在是一名法律工作者了，首先对自己父亲的案子作一个了结。一可告慰于九泉之下的父亲，二可对得起自己这一份神圣的职业，我必须完成！

于是她带着法律工作者的证件，去上海市金山县人民法院，重新申请执行父亲的案件。第一次去时。工作人员告诉她：年份太久远，而且当时都是纸质档案，何况档案已被搬过好几次，有些案件查不到档案也属正常现象。利花心情郁闷地回到家，可她怎肯甘心呢！

利花拿着判决书一次次地看了又看，反复琢磨，终于她想到从代理律师这里或许有突破口。于是她打电话到法律服务所，被告知何律师早已离开了，且不知去向。她就第二次又去金山法院，请法院的办事员帮她查到了何律师现所在的法律服务所。她就自己顺着线索，找到了何律师的手机号码。可电话打过去，何律师不是在开庭，就是在开庭的路上，根本没时间给她找档案。

即使这样，利花还是不肯放弃，她又努力地回忆当时曾经办理案件的法官，突然她想起有一个姓蒋的执行法官。于是，她就第三次再兴冲冲地去法院，去寻找那位蒋姓的法官。几经周折，利花在法院贴法官照片的公示栏里，找到了蒋姓的法官。蒋法官热情地接待了她，可当蒋法官要她提供被执行人的银行账户时。利花却无奈地说：没有啊！

山穷水尽疑无路，柳暗花明又一村。利花就对蒋法官说，被执行人住的镇上，只有一个农业银行和一个农村信用社，她建议农村信用社希望蛮大的，很有可能被执行人的钱存在那里。不出杜利花的所料，都过去十四年了，在法院及蒋法官的努力下，终于让案件的程序全部执行完毕。

利花通过自己亲身经历的这个案子，当她历尽艰辛拿到这笔执行款时，就暗下决心：以后自己办案子，一定全程为群众服务好，不管时间有多长。

　　社会上大家都说，做法律工作者这一行要求很高：一要有商人的头脑，演说家的口才；二要有良好的专业知识，精准地去判断案件的方向，找准案件的实质点和切入点，不同案由需要不同的证据来支撑；三要有良好的心理素质，要从容以对，不能把喜怒哀乐挂在脸上。当然每个人对案情的理解不同，接案手段不同，对案件处置的方式方法也各不相同。有经验的同事告诉她，能把一个案子拆成两个案件的就拆开，不要合并起来打，这样代理费就可增加好多。但利花却认为，办案是为了钱，但绝不能为了钱去办案。

　　有一次，有位同事生病住院，请利花帮忙办一下她接手的案件。利花把同事的案子，当作是自己的事，认真地帮当事人一审打赢官司，还帮助要回了赔偿款。不但当事人很满意，就连被告方对她也挺有好感，认为她帮别人的案子都这么认真，想必自己接手的案子一定很负责。多年来，利花在新埭慢慢地打开了业务。

　　可好景不长，省高院的"限代"，即法律工作者只能在市辖区的市、县区代理。这样利花现在嘉兴市南湖区，而原本在新埭的业务属平湖市，不能继续了。很多好心的人建议她："你的证挂到新埭所好了，新埭是你土生土长的地方，人脉广，案源多。"

　　一个人的眼光和思维，往往决定一个人的格局。此时的杜利花她在想，要把业务做大做精，必须通过国家司法考试。她这么想，就这么做了。可她每次满怀信心地去参加考试，可总是失望而归。于是她想静静心，应该认真地寻找一下失败的原因。她听说，练字最能平静一个人的心情，她在练了两个月的字后，心情平静下来了，也想明白了一些道理：自己人到中年，必须懂得什么是舍弃的，什么是必须得的。

　　在她后来的工作和学习中，明白了不可能既抓业务，又要看司考的书，必须要有所侧重。她就有选择性地接案，以便腾出更多的时间去备战司考。她还报了一个网络课程班，每个阶段跟着课程上。同时找出自己哪些是薄弱的知识点，制定学习计划，标注易难点。力求容易的知识点不丢分，中等难度的尽量少丢分，难度大的尽量拿到分。她每天早上五点半起床，六点钟回顾昨天的知识点，七点半吃早点。八点钟开始听课，中午休息一小时。晚上也休息一小时后做题，十点继续听课后入睡。

　　这样的日子真的如苦行僧，伴随着各种不良症状随之出现。她的双眼视力下降得厉害，看书的字很模糊，双脚肿胀，而且便秘，腹胀得难受。为了减少这种症状，她就看会书，休息一下。听课时，尽量用耳朵，眼睛不盯住电脑，中午、晚上尽量多走动。离考试将近一个月的时候，她就安排上午背书，下午做题，晚上做案例和真题，不断地演练……

　　就这样，杜利花几经周折后，于2017年11月22日，司法考试成绩揭晓的那一刻，她已经历过风雨的心情，异常地平静，脑海中闪过六个字：梦想终成现实。

　　可有位同学当面对她说：你是怎么能考上律师的呢？我想不通，读书的时候，你成绩一直不如我。利花笑着说了一句流行语：世上最遥远的距离是我在学习，你在玩。杜利花是个有个性且倔强的人，她的经历，也许别人无法复制！

现在，杜利花是一位名副其实的律师了，她感觉律师犹如是一个相濡以沫的爱人。虽平淡，但让她有一种踏实的归属感，特别是每当她坐在代理人的席位上时，就有一种莫名的亢奋，也许她想，这才是她真正的舞台！

杜利花这个"傻姑娘"，经过这么多年的摸滚打爬，终于找到了自己的人生坐标，成就了自己的梦想。当然前方的路，对她来说，或许是一路繁花相送，或许还有泥泞坎坷。但我相信，她一定会沿着自己人生的轨迹，坚忍不拔义无反顾地走下去。

泖水母亲河　因你而自豪

褚亚芳

　　在杭嘉湖平原,浙江省的最北端平湖市新埭镇,有一个袖珍式的古镇——泖口镇。这里虽是个弹丸之地,但历代名人辈出,有南朝梁、陈期间,读书著学的顾野王,有元朝泰定年间的文学家孙固,有明朝先贤吏部尚书陆光祖,还有清朝康熙年间的一代大儒、天下第一清官陆稼书等,都在泖口这块神奇的土地上生活过。

　　1943年,因父母参加新四军,把一个头还竖不起来的女婴,寄养在泖口的外婆家。可谁能想到,在外婆用米汤、荷花糕的精心喂养下渐渐长大。今天是一名中国美术学院的教授、艺术家、中国高级女装设计师,她就是我们泖水母亲河的优秀女儿——王善珏。她是我们泖水人民的骄傲和荣耀!使泖水名人的词典里又升起了一颗璀璨的新星!

让我们回眸王善珏教授童年时代,在泖口的生活经历,就可以探究到一位艺术家成长道路上的点滴轨迹。

爱美润泽了睿智的慧眼

爱美,是每个人的天性,但不是每个人都会有一双善于发现美的眼睛。王善珏从小就特别喜欢江南水乡的花草树木,鸟语虫鸣,四季更替,春花雪月。她童年时代全身心地投入到大自然的怀抱;她对生活中美好事物的感悟,润泽了她那双充满睿智的慧眼。

春天里,王善珏爱在开满金灿灿油菜花的田梗上赤脚奔跑,采摘草头花(紫云英花),编成花环戴在头上,做成花球美美地挂在脖子上。夏天里,在池塘边,爱静静地观赏亭亭玉立的莲叶,抽卷舒展;爱看红菱在河水里鲜红的颜色。秋季里,她爱采凤仙花,染红指甲。七巧之夜,学巧手用七彩丝线穿针引线。下雨天,爱听雨打芭蕉,淅沥作响像弹奏的琴弦。雨后,爱在河滩上,看水中的游鱼沉浮自如的游动。冬季里,爱看雪花飞舞,乡村笼罩在一片银色世界里的宁静、洁白;丽日里看寒梅怒放,冰清玉洁。

王善珏童年时代那种强烈的爱美之心,使她特别钟情自然、热恋生活。伴随童年美好记忆,永远镌刻在她心上,铸成她感情领域里一块乡愁的丰碑。她就这样用一双被爱润泽了的慧眼，在静观与遐想的空间中畅游，为日后慢慢走上艺术的道路，产生深远的影响。

好奇铸就了高洁的心灵

好奇是打开心灵智慧的一把金钥匙，好奇是一个人天资聪慧的象征，也是一个人与生俱来的天赋所在。王善珏童年时代的那种好奇，铸就了她纯真高洁的心灵，她真是怀揣这样一颗纯真好奇的心灵，在艺术事业的道路上奋力前行。

中国美院教授、艺术家、高级女装设计师王善珏

王善珏小时候喜欢与小动物对话，在农田边的水沟里，她观察小蝌蚪怎样变成小青蛙；在农家的竹园里，倾听鸟儿怎样婉转鸣叫，跳跃啄食；看到叫卖的人挑着叫蝈蝈来镇上，大人买给她玩，她就会呆呆地看叫蝈蝈怎样吃食、鸣唱；看人家怎样用网兜捉知了、捕蜻蜓；把知了拿在手上观察，寻找从

哪里发出响亮的叫声；把荧火虫装在玻璃瓶里，看它如何闪烁出亮光；在树叶间，看螳螂怎么举起两把大刀挥舞捕食……

王善珏小时候还特别喜欢水，清凉流动的河水给她无限的遐想，水怎么会每天潮涨潮落，河水里怎么会有鱼儿游动，冬天河水又怎么会结冰。有次她坐在泖口河的岸边洗脚，脚在清凉的河水里快乐地甩呀甩，由于身子随着双脚的甩动不断下移，最终因撑不住滑到了河里。眼看就要漂到不到十米处一座古石桥桩边的漩涡去了，小一岁的表弟毛志强，哭着急喊：阿姐过来呀，阿姐过来呀！正在这危急时刻，被河对岸的农民听到，飞跑过来一跃跳到河里，救了起来。如果晚一步，即使不卷入漩涡，那么漂到不到百米直通黄浦江的上海塘，后果也是不堪设想。

炊烟袅袅的农家，自然村落旁河湖浜塘纵横交错，清澈柔嫩婉婉流动的河水，给她幼小的心灵带来了水乡特有的灵性。这种潜以默化的灵性使天生蕴藏着艺术天赋的王善珏，开放出艺术奇葩的蓓蕾。她一生心怀对泖口感恩和报答之情，感恩回报着家乡。

探索启迪了无穷的潜能

勇于探索可以开启一个人无穷的潜在能力，江南农村广阔的天地里，自然风光旖旎，民风淳朴，王善珏从小在这样优美的自然人文环境里耳濡目染，培养了她广泛的兴趣爱好，启迪了无穷的艺术潜能。

五六岁时，在端午节，王善珏就学着大人的样子，自己找来布料、彩色丝线。一把剪刀在她手里上下翻动，把布料剪成小心形，一针一线，里面放上棉花、香料，做成漂亮的香袋；再用裁成长条形的香烟纸，折成小三角形，外面用彩色丝线缠绕，做成可爱的小粽子。一串有香袋、珠子、小粽子、坠子制成的小玩艺，用它挂在胸前的扣子上，在玩耍的同时，不知不觉地传承着民间的传统文化。

隔壁的黄家娶新娘子，她看到新娘子坐着花轿抬来。第二天去隔壁玩，看到新娘子在纺纱织布。她就蹲在那里看，很想学。新娘子拿出花生、糖果给她吃，还问是不是想学。她就点点头，说想学，新娘子就让她学摇花。可她看到新娘子纺的纱怎么又匀又细，自己纺的怎么会有粗有细呢？于是，就寻找答案，琢磨怎样才能跟新娘子纺的纱一样均匀。

王善珏是位典型的江南女性，她性情温柔如水，感情灵秀细腻，在她清澈明亮的眸子里闪烁着智慧的光芒。她虽身材娇小，却内心非常的强大，蕴藏着无穷的力量和巨大的潜能。长大后她将童年时代根植在记忆深处的那种好学上进、勇于探索的精神，在设计高级女装的道路上发挥得淋漓尽致，取得了令世界瞩目的成绩。

吃苦锤炼了坚强的品格

吃苦耐劳是农村劳动人民的本色，人性是相通的，但每个人做的选择是不一样的。农村有句俗话说:"三岁看到老。"王善珏从小就设身处地体会到劳动人民的勤劳和智慧,培养了她丰富的想象力、动手能力和创造力,也锤炼了她坚强不屈的毅力和品格。

因为她的父母参加解放战争,没有任何信息,大人就想从小孩子嘴里讨一个吉利。外婆经常问她:"你爸爸妈妈还活着吗?"她回答说:"爸爸妈妈,肯定还活着。"这样外婆好像看到了希望。过几天还问,又回答:肯定还活着。在日积月累中,养成了她坚强的性格,并和大人们一起,在共同的希冀中期盼,父母能活着归来。

王善珏在四五岁就跟着邻居家的大哥哥、大姐姐学会了挑荠菜、马兰头,会挖竹笋、帮助大人烧火、搓草绳。水稻收割后,去田里拾稻穗、挖田螺、畚泥鳅。总之,大人做的,她都要跟着学,从小养成了爱劳动的好习惯。

王善珏在江南水乡的人文环境里长大,经历了乡村艰苦生活的锤炼,养成了敢于吃苦耐劳的优良品格。她童年在外婆家八年的乡村生活,虽然十分艰苦,但是淳朴宁静的农家院落,给她留下了许多最初最美的记忆。那田头、河边、竹园、村舍所呈现的水乡风貌和乡土人情,让她难以忘怀,在她后来的画作中会情不自禁地出现。

　　解放后不久,她父亲担任中国人民解放军驻嘉兴 111 医院第一任院长,安定下来后,把她从洳口接出来。从此,她在嘉兴南湖的红船边,随部队过着军营的生活。在嘉兴一中读高中时,她对美术产生了浓厚的兴趣,参加了美术兴趣小组。1961 年,王善珏考取浙江美术学院(现在的中国美术学院)。

　　王善珏教授的荣誉是多方面的,取得的成绩是卓越的,她头上的光环更是绚丽多彩的。所有这些,当然与她固有的聪颖天赋、不懈的努力奋斗和持之以恒的执着追求有关。实际上也与她童年时代生活的自然与人文环境是分不开的;与她从小爱美好奇勤学上进的成长经历是息息相关的;与她从小勇于探索、吃苦耐劳的坚强品格有相当大的关系。

　　宝剑锋从磨砺出,梅花香自苦寒来。我们千年悠悠流淌的洳水母亲河,因有你这样优秀的女儿而自豪!我们这块富有灵性的洳水大地,因有你这样优秀的女儿而骄傲!希望王教授常回家看看,愿王教授身体健康平安幸福!

　　(此文 2018 年 11 月刊于中国美术学院出版社《一路如歌 王善珏艺术·设计与教育研究》一书;并在“一路如歌 王善珏艺术·设计与教育研究”研讨会上交流发言)

后　记

　　阳春三月,春光明媚,正值江南大地到处花团锦簇,莺歌燕舞。真可谓:江南好,风景旧曾谙。日出江花红胜火,春来江水绿如蓝。能不忆江南?

　　去年2018是中国改革开放四十周年,巧遇中国·平湖新埭泖水文化节十周年大庆,又遇一年一度平湖市西瓜灯文化节隆重举办的大喜日子,全国亿万农民满怀期待,迎来首届"中国农民丰收节"普天同庆时刻。远在南半球澳大利亚的新埭游子、著名作家陆扬烈先生心潮澎湃,寄予对故乡故土的思念,建议与我合著一本文学书籍,敬献给父老乡亲。于是在短短的时间里,一部凝结着对家乡故土的拳拳之心,蕴含着对父老乡亲的深深挚爱,取名《农家女》的图书,经过近半年的紧张准备,真如同新生婴儿一样呱呱坠地,悄然诞生了。

　　"文化是一个国家、一个民族的灵魂,文化兴,国运兴,文化强,民族强"。悠悠泖水,人文荟萃。"忠义诚孝,耕读礼道"是泖水文化的精髓。泖水文化需要自信和传承,泖水文化需要接力和续写,泖水文化的奇葩,更需要泖水儿女们的共同浇灌和栽培。滴水之恩,涌泉相报。我和陆老师作为新埭乡贤的两代文学人,以赤诚之心捧出这本《农家女》。陆老师说:《农家女》是农民的"女儿",她的问世也解了一位海外老人的乡愁。我们以盛满对生养自己的土地和人民的深情厚意,向中华人民共和国建国七十周年献上一份小小的贺礼!

《农家女》的付梓,真诚感谢张江长三角科技城平湖园(平湖市新埭镇)党委政府的重视和支持!衷心感谢封面设计师朱师先生的精心设计和辛勤付出,朱师先生是陆扬烈老师的早年校友,已为他五本书做了精彩的封面设计。衷心感谢新埭镇摄影协会主席金杰和王璐对封面照片拍摄的配合!衷心感谢各文化人士的厚爱和关怀!因水平有限,时间仓促,内中定有诸多不当之处,谨请广大读者多多谅解和包涵。

褚亚芳

2019 年 3 月 于水云阁

附录 1：陆扬烈获奖、出版作品

1991 年离休，1995 年末，移民澳大利亚后，出版：

2001 年，《陆扬烈小说散文选》

2002 年，《外婆桥上的孩子》散文集

2003 年，《墨尔本没有眼泪》长篇小说

2004 年，《人在旅途》游记集

2005 年，《献给母亲的花》中英文双语儿童文学集

2008 年，《亲情托起世界女状元》长篇纪实文学

2014 年，中英文双语中篇小说《渡雪门》

2015 年，综合集《故乡》

（以上 8 部均获世界华侨总会年度文学佳作奖）

2007 年，《异国晚晴恋》短、中、长篇小说合集（获 2008 年
世界华侨总会年度文学小说首奖）

2000 年,《故乡之路》回乡随笔

2006 年,《芳草碧连天》散文集

2007 年,《往事重数》移民前十余年作品选集

2008 年,《告别忧虑》杂文集

2010 年,《尼古拉斯礼物》散文集

2011 年,《陆扬烈文集》四百余万字

2012 年,《远方的家》散文集

2013 年,《银色翅膀的蝴蝶》《文革》回忆·小说

2016 年,《青春追忆》康藏高原军旅日记

2017 年,《青春岁月》海防前沿记事

2018 年,《赫哲雁》长篇小说·休笔之作

2019 年,《农家女》小说剧本散文集(合著)

附录 2：褚亚芳出版获奖书籍及 主编刊物书籍

2008 年,《泖水风情》民间文学作品集,荣获第二届浙江省民间文艺映山红·民间文学作品入围奖;2018 年荣获侨联文教基金会华文著作奖文艺创作项散文类佳作奖

2013 年,《大蜡烛庙会》非遗书系之一,荣获平湖市第一届社科优秀成果专著类三等奖;2017 年被评选为浙江省非物质文化遗产"十佳百优"图书

2017 年,《陌上之花》论文集,平湖市第十轮"文艺精品"战略签约作品

2019 年,《农家女》小说剧本散文集,和著名旅澳作家陆扬烈合著

2009 年至今,主编《新埭文化》16 期

2010 年至今,主编《泖水文化研究会刊》13 期

2010 年，主编《泖水文化论坛论文集》

2010 年，主编《2010 感动新埭系列"十佳"模范集》

2011 年，主编《泖水乡歌》字帖

2013 年，主编《治嘉格言》

2013 年，主编《孝德文化论坛论文集》

2013 年，主编《2013 最美新埭人》

2014 年，主编《2014 最美新埭人》

2015 年，主编《陆清献公莅嘉遗迹》

2016 年，主编《2016 新埭五型职工集锦》

2018 年，执行主编《风雅泖水——泖水文化节十年记忆》

图书在版编目(CIP)数据

农家女/褚亚芳,陆扬烈著. —上海:上海三联书店,2019.5
ISBN 978-7-5426-6679-6

Ⅰ.①农… Ⅱ.①褚… ②陆… Ⅲ.①中国文学-当代
文学-作品综合集 Ⅳ.①I217.2

中国版本图书馆 CIP 数据核字(2019)第 072416 号

农 家 女

著　者 /褚亚芳　陆扬烈

责任编辑 /冯　征
装帧设计 /朱　师
监　制 /姚　军
责任校对 /张大伟

出版发行 /上海三联书店
　　　　(200030)中国上海市漕溪北路331号A座6楼
邮购电话 /021-22895540
印　刷 /上海肖华印务有限公司

版　次 /2019年5月第1版
印　次 /2019年5月第1次印刷
开　本 /787×1092　1/16
字　数 /150千字
印　张 /15.75
书　号 /ISBN 978-7-5426-6679-6/I·1515
定　价 /48.00元

敬启读者,如发现本书有印装质量问题,请与印刷厂联系 021-66012351